文學大綱

鄭振鐸編

（三）

民國滬上初版書·復制版

文學大綱 三

鄭振鐸 著

上海三聯書店

文學大綱

鄭振鐸編

中華民國十六年四月初版

目錄

插圖目錄

三色版插圖目錄

第二十章　歐洲文藝復興時代的文學

第二十章　歐洲文藝復興時代的文學

一

『文藝復興』(Renaissance)的意義就是『再生』(rebirth)．歐洲歷史上的所謂文藝復興的時代，就是那公元第十五世紀及第十六世紀的學問的復活，文藝的重生的時代．自聖奧古斯丁(St. Augustine)死後，六百餘年間，歐洲是被包裹在一層知慧黑暗的霧裏，古代的學問僅被保存於幾個僧院中．黎明的曙光射來得很慢；直到但丁與却賽(Chaucer)起來後，文藝的天空的東方才現出微微的白色．到了文藝復興時代，太陽是在新鮮的光彩裏熊熊的燃照着，在發達的諸種觀念裏，在新發見的美的表白裏表現了牠自己．這個文藝蘇醒的原因，在這裏只能略略的說一下：當一千四百五十三年時，君士坦丁堡爲土耳其所攻占，希臘的學者，隨卽奔亡到意大利來，與他們同來的是希臘文學的知識，這些東西在西歐早已完全失去了。離此一世紀之前，意大利人已從摩爾人(Moors)那裏學得了造紙之法；並且，還有一件極重要的事，卽當君士坦丁堡被土耳其人占領的前十年，第一個的書籍印刷所已在德意志的曼志(Mentz)地方設立起來了。到了一千四百九十二年，科倫布(Columbus)發現了亞美利加洲，人類開始對於世界有了一個完全的新觀念。社會的，政治的，與宗教的觀念都改革了，疑問的精神與知慧的活躍，預示宗教改革運動的到來。新的知識與宣傳知識的新工具印刷機，差不多同時到了歐洲；在世界的歷史上，沒有一件事比之這事更巧合得有趣了。

文藝復興運動始於意大利，這因爲意大利是最近於希臘，且是羅馬文化的承襲者之故。在這個地方，人開始從中世紀的死的預估回轉身來，從長久住於墓道的地方抬起眼來，以享受地上的親切生活與這個美麗世界的光耀的快樂。西蒙士(Symonds)說:『法洛林斯(Florence)從雅典借她的光明,正如月之以太陽光線反對出而照耀着一樣』意大利的學者回轉他們的注意,從一種朽爛的死亡中,把古代手稿救出.希臘羅馬的古代作家的著作,向來埋葬於僧院之中的,現在都翻譯出來了.

二

簡略的講起意大利文藝復興時代的文學來,我們所最注意的是馬查委里(Machiavelli)與亞里奧斯托(Ariosto),雖然在這個時代還有許多別的作家在意大利忙着,他們的作品也是很有趣,很重要的.意大利文藝復興的文學,對於英國大作家如史賓塞(Spenser),莎士比亞,馬洛(Marlowe)及米爾頓(Milton)都很有影響.例如,莎士比亞所作的名劇路米亞與朱麗葉(Romeo and Juliet)及第十二夜(Twelfth Night)的結構,便是從彭特洛(Matteo Bandello)所寫的故事裏取來的.

亞里奧斯托的著名的詩奧蘭度的狂怒 (Orlando Furioso) 是被西蒙士 (J. Addington Symonds) 稱爲『文藝復興時代詩歌的最純粹，最完全的現存的例子。』這篇詩是有牠的時代的特質，卽牠是具着人的興趣的，是不管神的事或墓之前的生活的。中世紀的世界是對於別個世界生興趣的。文藝復興是對於這個世界生興趣的。

亞里奧斯托 (Lodovico Ariosto) 生於一千四百七十四年。當他十九歲時，他便在 the Cardinal d'Este 那裏做事了。他於一千五百〇五年開始寫奧蘭度的狂怒，到了十年之後才告成。這篇詩在意大利給他以一個大名譽，教王李握第十 (Leo X) 成了他的保護者之一。他在完成這篇詩之後，又動手去寫喜劇，摹倣臘丁作家柏勞托士 (Plautus) 及托蘭士 (Terence) 的作品。在他的生活的末年，亞里奧斯托被任命爲位於阿平寧山 (Apennines) 最高曠處的一省的省長。同最多數的詩人一樣，亞里奧斯托是常在窮乏之鄉的，他所以受命做這個與性情必定不合的省長者，也是因爲省長的薪俸可以救窮之故.他所統治的這個省中，強盜極多，且極橫行，有一回，這個『詩人省長』他自己也墮入他們的手中.當羣盜的領袖知道他的俘虜乃是奧蘭度的狂怒的作者時，便立刻向他請罪，且放了他歸去.

奧蘭度的狂怒是一篇浪漫的詩，描寫基督教武士與異教武士間的惡鬪，及驚人的冒險與武士的戀愛的牠的題材與亞述王的故事是同類的.全詩具有好幾章，每章各有一個序言，爲各段換話間的聯鎖，且給這個詩人以機會去說道德的及愛國的教訓話.大概全詩中最優美的幾節，要算亞里奧斯托描寫

亞里奧斯托

最偉大的意大利文藝復興期的詩人.

奧蘭度(Orlando)發見他的愛人安琪里加(Angelica)不忠於他而嫁了美杜洛(Medolo)時的失望而至於發狂的情形.

我不是我,我不是我從前的那個人,
奧蘭度他是葬了,是死了.
他的最不快樂的戀愛,(唉,愚的少女呀!)
已殺了奧蘭度而割去了他的頭.
我是他的鬼,走上來下,必須經過於
這個痛苦的永延着的窄谷,
成一個可怕的模範與一個定則
給所有那些把他們的眞誠放在戀愛上的愚人看.

在別一個地方,亞里奧斯托描寫一個豪俠的少年的王之死也是很可愛的.

看如何一朶紫花萎枯而死,

經了割草者之手而慢慢的躺下了;
在花園中，罌粟花的頭墮下了，
爲暴風雨所壓下而破壞了.
如此的達狄那爾 (Dardinell) 墮倒在地上，仰着他的灰白的臉，
如此的他離開生命而死去了.
他離開了生命而死去，與他同去的是
他的一族的精神與勇敢.

在這詩的開始，亞里奧斯托宣言道:

我唱的是貴婦人們與武士們，是武器與戀愛，
是好客與勇敢的行爲.

這詩的精神是表白在這二行中:

但是他，他戀愛的，誠然是永久遺留着，

當生命與一切都過去了，他還是戀愛着務服着．

雖然亞里奧斯托的生活比較得貧苦，而他的天才却爲他的國人所共仰，他們以他爲『神的亞里奧斯托，』據說，他的同時代的大偉人加里羅(Galileo)能背誦奧蘭度的狂怒的全部．英國依里莎白時代的詩人，如莎士比亞等，都是受有他的很顯著的影響的．

馬查委里(Nicolo Machiavelli)是文藝復興初期歐洲最重要的政治家．威爾士(H. G. Wells)在他的歷史大綱上描寫過馬查委里的著名作品帝王論(The Prince)對於衆人的思想及人間的事務上有如何大

馬查委里　帝王論的作者．

的影響。

馬查委里於一千四百六十九年生於法洛林斯。在他三十歲之前，他被任爲法洛林斯共和國政府中的祕書。這個官職使他常被任爲使臣到別的意大利城市以及法蘭西的路易十二(Louis XII)的宮庭裏去。他的最重要的一次使命是在一千五百〇二年，當時他被差去代表法洛林斯政府與西薩·布琪(Cesare Borgia)商議某事。(西薩生於一四七六年，死於一五〇七年，是意大利大主教的與軍事的領袖。)在這時候，他的權力正是最高時。馬查委里在好幾封信敍出這次使命的事跡。在這些信裏，他描寫西薩爲『一個爲自己而統治的王』。在別一地方他又說到他，以爲是『一個沒有憐憫心的人，反叛上帝，一個蛇王，一個希特拉(hydra，多頭蛇，希臘神話中的東西。)應該受最壞的結局的。』然而馬查委里對於這個巨怪有的地方很讚許，而在帝王論中，西薩竟成了一種爲別的統治者所要摹倣的模範了。在一千五百十二年的時候，曼狄西士(Medicis)在法洛林斯的統治權又重得到了。馬查委里因此失了他的官職。他被囚禁，受了好些苦楚，後來才得退休於一個小村莊中，帝王論卽在那個地方寫的。他死在法洛林斯，那時，他是五十八歲。

『馬查委里安』(Machiavellian)這個字有機詐不法的法術的意思。但是普通對於馬查委里的評判是不完全公平的。他是一個實際主義者，不大信仰上帝，也不大信仰人。他在帝王論裏立出現在德語所謂『實際政策』(Realpolitik)的原理，那就是後來依利沙白女皇，拿破崙，俾斯麥的政治原理。馬查委里不是一個理想主義者。他之論敍衆人，不是敍他們應該如何樣子，乃是敍出他們的眞相。培根(Francis Bacon)是一個大大稱讚帝王論的人，他說：『我們是十分感謝馬查委里及其他寫出人所做的事，而不寫他們應該做的事的作家。』霍布士(Hobbes)蒲林白洛克(Bolingbroke)，謙姆(Hume)與孟德斯鳩(Montesquieu)都在某程度上是他的學徒。

文藝復興後期的意大利作家，最超越的是詩人杜卡托·泰沙（Torquato Tasso）。他做了一部名著耶路撒冷的被救（Jerusalém Delivered）他生於一千五百四十四年，死於一千五百九十五年。泰沙是一個多情感的詩人，而多情感使他熱迫的要求着婦人與音樂。泰沙在他三十二歲時完成他的偉大的詩。此後二十年，他的生活是悲劇的生活。他成了半瘋狂的，消耗他的時間，『如世界所拒絕的旅客似的漫遊着。』

三

繼於意大利之後，法蘭西也來了文學復興的潮流。法蘭科司·拉培萊（Francois Rabelais）是所有法國文藝復興期中的作家的最偉大的。他生於一千四百九十年，死於一千五百五十三年。這個法國人拉培萊，與西班牙人西萬提司（Cervantes）及英國人莎士比亞，無問題的是文藝復興期的三巨人。文藝復興是隨着一個死呆的時代而來的一個美富生活的時代，一個學問的，樂觀的，勇敢的時代．牠的精神很有力的表現於拉培萊的兩部大著加敢泰(Gargantua)及潘泰格魯爾(Pantagruel)中．

拉培萊生於法國南部托蘭(Touraine)省的齊農(Chinon)地方．他的少年之事很少人知道，有的人說他的父親是一個製藥師，有的人則說是一個旅館主人．他在一千五百十一年，得了牧師的地位．在這個時期的前一二年直至一千五百二十四年，他是一個法蘭昔司加(Franciscan)教士，住在方特那·里·孔德(Fontenay le Comte)的僧院中，後來，他成了一個本多派(Benedictine)，在一

拉培萊

教士，笑的哲學家，文藝復期與三大人物之一．

千五百三十年，他棄去了僧徒生活，成了一個俗家的牧師。他死於一千五百五十三年四月九日。關於拉培萊死時的情形，有許多的傳說。據說他臨死時叫道：『笑劇（Farce）是告終了，』及『我是去尋求那偉大的或然了。（To Seek the great Perhaps）』，但是所有這些故事都頗可疑。

文藝復興，在一個意義上，是對於狹窄，無識的僧院專制的一個反抗。拉培萊做了三十餘年的僧人。他非常的明白幽閉生活的壞處，他笑僧侶們，再進一層，他笑同時的大多數的人與事物，全心全意的在笑着。桑次堡萊教授說：拉培萊『不冷嘲，也不憤怒。』他是十六世紀的狄更司（C. Dickens）一類人，『一個純粹真樸的滑稽家，感覺常常是忠厚的，思想常常是滑稽的。』加敢泰及潘泰格魯爾二書是很不容易讀的，他們是很粗俗，然較之同時代的別的作品也不特別不好。加敢泰及潘泰格魯爾的宗旨是宣講『潘泰格魯爾主義』（Pantagruelism）的福音，牠教訓說，祇有以滑稽與笑，世界才能清淨，才能得救。『潘泰格魯爾主義』誠然是一個好而真的福音，爲這個偉大的法國笑的哲學家以後的許多別的偉大人物所常宣講的．爲證明拉培萊是真樸而不變，及他之被誣爲不過是一個『齷齪的老流氓，』下面引錄幾段他描寫西連寺(Abbey of Theleme)的僧侶與女尼的生活的文字．(據 Sir Thomas Urquhart 的英譯：)

所有他們的一生不是消耗於法律成規或規則中，卻是依據着他們自己的自由意志與喜樂．他們從床上爬起來，當他們以爲起來好時；他們喫，喝，工作，睡眠，當他們心裏想這樣做時，便這樣的做去．沒有人去驚醒他們，沒有人去強迫他們喫，喝或做一切別的事；因爲加敢泰是如此的規定．在所有他們的規律，他們的秩序的嚴束中，只有下面這一個條文要注意：

做你們所要做的事．

因爲人們是如此的自由，好的出生，好的養育，又交友於忠誠的伴侶中，天然的有一種天性與激刺，以鼓勵他們做好的事，避免他們做壞的事，那就叫做名譽．那班同樣的人，當受赤裸的統治與禁束時，他們是被壓在底下，被放在下面，現在他經從那種高貴的性格轉開了，他們從前是以那種性格而

傾向於道德的，現在他們卸去並且打壞那種奴隸的束縛他們從前是被如此的專制奴使着的；因為這是合於人的天性的想望所禁止的東西，要求所不肯給我們的東西。

在這個烏托邦的圖畫中，表現着的是文藝復興的愛美麗與愛適合的特質，牠與同等的文藝復興的特質，光耀着人道主義(humanism)。

曼唐(Montaigne)的著書約後於拉培萊一世紀。他沒有他的同國人拉培萊的粗獷，沒有他的滑稽，也沒有他的對於生的喜躍。當舊教徒逼害新教徒，新教徒也逼害着舊教徒時，曼唐並不偏袒任一方；他盡他的力量去庇護兩方面的人。在他的論文裏，他是喋喋多言的，是好性子的，常常過於瑣碎——一個很和善的哲學家。

寬恕，慈善，溫順，文明，是曼唐的論文的情調。他常常說到他自己，但是在他字裏行間却沒有盧騷(Rousseau)那樣的『可驚的自省』。曼唐是一個懷疑派，是文藝復興期的自安於不知者(the agusstie)。『我知道什麼？』他繼續的問着他永沒有找到一個回答能够十分滿足他自己的.他不是以足踢還敬拳打的人,但他想將容忍與自尊聯合在一處.在他的一篇論文裏,他引一個古水手的話,那個水手道:『嗄,上帝,如果你願意,你便救我,如果你要毀滅我,你便毀滅了我罷;但是,無論如何,我總將時時把我的舵握直.』那就是曼唐.

他的論文就是他自己.當亨利第三(Henry III)告訴他說,他喜歡他的書時,他答道,『我就是我的書.』牠差不多包含了所有人間的經驗.牠表白出世界上的一個和善的人的全心靈.『一個人在牠那里找到一個人所曾想到的.』曼唐是一個舊教徒.然而像他這樣的一位懷疑派,對於新教難說是絕對的不信仰.他憎厭狂熱的信仰者,他憎厭殘酷的舉動,他深惡當時恐佈的刑罰.誠然的,他的人道主義在今日還是占在很高的水平線上:

至於我呢,我永不能這樣的忍受住,而不憐憫悲哀去看一個可憐的愚呆的無辜的獸類被獵且被殺了,牠是無害於人的,且沒有保護之力的,我們簡直沒有受到牠的任何抵抗.這是常常遇到的.當鹿開始逃奔得口裏吐沫，覺得他的力量是墮去了，他沒有別的自救的方法，便呻吟着把牠自己貢獻於追獵牠的我們，眼淚淋淋的向我們求憐，

血從喉中流出，淚從眼中流出，

牠似乎叫着求他的憐憫，

這對於我永是一幅悲慘的現象。我極罕取得活的獸類，但我都給他以他的自由。畢沙古拉(Pythagora)(希臘的哲學家)常向漁父處買魚，捕禽人處買鳥，於是再把他們放去了。

從他的知慧的書卷中，我們還可以選出下面幾段最具特性的文字來：

恐懼　有些人常常的恐懼失去他們的貨物，恐懼被充軍或恐懼被奴使，生活在繼續的苦惱與勞役中；因此，常常喪失了他們的飲食與他們的休息。至於那些窮人，被充軍的人，與愚僕，他們倒是不注意的生活着，與別的人一樣的快樂。

有恆　一個人的名譽與價值包含在他的心與意志上：這里含着看的光榮：有恆(Constancie)是力量，不是手臂與腿足的，乃是心靈與勇氣的：牠不含於我們的幸的精神與勇氣，也不含於我們的

武器，乃是含於我們自身裏。

光榮 在所有世界的愚事中，最普通的，最爲人所接受的是名譽的注意與光榮的注意，我們對於他是如此的仰慕甚至疏忽了，拋棄了財產、朋友、睡眠、生命、與康健，以跟隨於那個空虛的印象無用、簡單的聲音之後牠是既沒有實質，又不能握捉住的。

曼唐的全部法律與訓言可以在一句話裏包括起來：『世界上最大的事就是要一個人去知道怎樣才算是他自己的。』

四

在西班牙，文藝復興期的文學的光榮就是西萬提司（Cervantes）的光榮，在這里，如在意大利，在法蘭西，在英吉利一樣，蘇生的黃金時代看見一種主要的國民生活的重現，這種國民生活在一種精密的國民藝術及文學裏表白出來。十六世紀是西班牙的偉大時代。摩爾人（Moors）是最後竟被逐回非洲了，猶太人也已被驅出境外了，這個半島成了一個統一的國家，以她的探險者的勇敢，她的軍隊的强盛，而成爲富裕，著名。這是在這個國家的光榮的空氣中，委拉司凱（Velasquez）在畫圖，西萬提司在著作。除了莎士比亞的戲曲以外，西萬提司的大著吉訶德先生（Don Quixote）是文藝復興期的對於世界文學最美麗，最奇異的貢獻。雖然西萬提司作此書時，初本有意於譏誚武士制度的觀念，——這種武士制度在十二世紀及十三世紀時是真的人的行動，但到了十六世紀却已成了一種悖理可笑的事了，——然而此偉大的書在他手下寫出時却成了一本超越於僅僅以譏誚爲事的書了。英國批評家韓志里特（Hazlitt）曾說到吉訶德先生道：

西萬提司　吉訶德先生的作者。

吉訶德先生他自己是最完全的「無趣」(disinterestedness)之一。他是一個最可愛一類的熱心者；一個性情坦白，和善寬厚的人；一個眞理與公平的愛好者；一個熱激於武士制度及傳奇的美夢的人，直至他們把他從他自己刼奪了，以一種對於他們的實況的信仰哄入他的腦筋中爲止。

沒有一種錯誤比之以吉訶德先生爲僅僅不過一本諷刺的作品，或一種排斥『久已忘記的武士制度』的平庸的企圖爲更大了。久已不存在的東西本不必再去排斥。並且，西萬提司他自己原也是一位具最血誠最熱心的性格的人；即從這位雕斲而被攻壞的人物的武士身上，武士的精神仍帶着不滅的光耀而映照着；似乎作者半想復活過去時代的模範，再度『迷惑世界以高尚的騎士制度』。

西萬提司(Miguel de Cervantes)死於一千六百十六年，死的日子正與莎士比亞同日。他生於一千五百四十七年，他的生活是他的世紀的一個典模的西班牙人的冒險生活。他在里邦托(Lepanto)的那次著名海戰中參戰，在這次海戰中，奧大利的大將鄧約翰(Don John)統率了二十四隻的西班牙戰艦，打敗了土耳其人。在戰中西萬提司受了三次槍傷，一次竟把他左手失去了，他自己說：『右手因之有了更偉大的光榮了』四年以後，他由駐軍的地方回國，中途遇見摩爾人的海盜，被擄到阿爾基（Algiers），直到一千五百八十年，才由他的親友醵貲把他贖出。這時他已三十四歲了。此後，西萬提司的生活仍不很好。他一邊著書，一邊在政府裏當小差事。他常時是十分的窮苦。他被捕下獄不止一次，吉訶德先生的第一部分還是在一個監獄中寫的呢。這個第一部分在一千六百〇五年出版，立刻得了大成功。以後幾年，法國，英國，便都有了譯本了。然而作者却沒有從那里得到一些酬報。吉訶德先生的第二部分出版於一千六百十五年。吉訶德先生給讀者以十六世紀西班牙社會的全景。開萊（Fitzmaurice Kelly）說道：

貴族，武士，詩人，宮庭的上等人，牧師，商人，農夫，理髮匠，驢夫，廚役，以及罪犯；受完全教育的貴婦，熱心的小姐，摩爾的美人，天眞的村女，以及和善的道德有沾的廚下娼女——所有這些人物都以出之於同情的內部觀察的懇切的忠實表現出來。吉訶德先生之能立刻風行於世，大部分因牠的事變的繁異，因牠的富於鄰近笑劇的喜劇，也許也因牠的對於超貴的同時人的尖利的攻擊，至於牠的無言中的威力，牠的廣大的人道主義，牠的對於人生的深澈的評判，是到較後來才被人讚賞。

吉訶德先生與馬累東在旅館中.

(By Roland Wheelwright)

吉訶德先生中的各色人物與却賽的剛忒保萊的故事的人物同樣的動人。而這部傑作的情調乃是一種明顯的人道主義，這主義不僅是文藝復興的最光明的性質，且也是所有真實的偉大文學的特質。在講述吉訶德先生的故事時，西萬提司開頭是笑，終結是祈禱。吉訶德先生年近五十，身體瘦

山差邦在公爵夫人家中

(By C. R. Leslie)

山差邦是吉訶德先生的從僕，——愚而不誠實，但却忠於這位武士。

弱，但他生平嗜讀俠義小說，因此，遂欲爲武士周遊天下，以雪直人間不平事。於是，便於絕早騎瘦馬，穿甲執盾，帶了從徒山差邦(Sancho Panza)不別家人而去漫遊天下。他自信極堅，沒有一事不失敗，不貽笑於現實社會，而他終於不悟，還是自行其所是。以風磨爲巨人，而驟馬往刺之，以羊羣爲軍隊，而單騎衝入殺敵，又殺散護送囚犯的兵士，釋放了他們，而反爲他們所苦虐，最後則以馳入牛羣中，爲牛所傷而死。差不多沒有一件事不是滑稽得使人笑得肚痛。然而在這種無數的笑聲中，却隱隱的露出嚴肅的光榮的可讚美的氣概來。我們縱然笑吉訶德先生，然而却於不知不覺之中反受他的感動了。西萬提司在此發見心靈衰弱的人乃正是偉大心胸的人，且愚人是常常比之聰明人更值得讚美的。這位武士永不失墮武士精神，他的信仰是不可搖動的。此書中所敍吉訶德先生鬬風磨的故事是全書最著名的事變之一。這位武士與山差邦同行，看見前面平原上有風磨三十或四十具。他叫道：『好運氣是我們初料不到的：朋友山差邦，看前面，你不見至少有三十個巨人要我去打服麼?』山差邦問道:『巨人在那里?』武士道:『你不見長臂而遠立的許多人麽?』山差邦道:『請你再看淸楚這是風磨,不是什麽巨人.』吉訶德先生不信,縱馬挺槊直刺風磨之葉.槊陷入磨葉中,風吹葉動,武士連人帶馬乃被抛擲出數丈之外.吉訶德先生受傷臥地,然仍堅信風磨乃巨人所化,且決不以失敗自餒.這種精神是一切前驅者的精神!西萬提司在這里給世界以一個最偉大,最高尙的人物,常常是完全的可愛的.

在吉訶德先生之外,西萬提司還著了不少書,如小說有加勒細亞(Galatea)戲劇有阿爾基俘虜的生活,及奴曼西亞(Numancia),然俱不如吉訶德先生之著名.

五

文藝復興期看見兩個偉大的運動,比之什麽都偉大,甚至較之法國革命還偉大,他們在歐洲歷史上有極大的影響,卽「宗教改革」(Reformation)及「反宗教改革」(Counte-Reformation)是「宗教改革」運動的發生,差不多接着印刷術的發明而來;這是天然的,改革家與古代信仰的衞護者間的苦鬬,引起了無數的辨論文字的刋布.敍到過去時代的宗教的與神學的艱難的書,讀來並不動人,而且也不能算作有什麼重大的文學價値.但是有一個十六世紀的神學家,却是一個偉大的學者,偉大的著作家.他是荷蘭人,名做伊拉司摩(Erasmus),與烏托邦(Utopia)的作者慕爾(More)是朋友.在文藝復興期的開始,一般人對於學問的熱心比之歐洲歷史上任何時代都更甚些,而在所有的文藝復興期的學者中,伊拉司摩是以最博學著稱的.教皇們,各國的帝王們,都敬仰他.

伊拉司摩是以拉丁文著書的最後歐洲大作家之一.他是一位著作等身的作家,而對於近代的讀者最有趣味的書是愚的讚頌(The Praise of Folley)的一書.這部書在幾個月內曾再版了七次以上.在愚的讚頌裏,伊拉司摩譏刺『帶着病容的學生,自己滿足的文法家,瑣瑣強辯的哲學家,愛屠殺的獵人,信仰神像與殿宇的功德的迷信者』.

湯麥士·慕爾(Sir Thomas More)與伊拉司摩同時,而且是朋友;可以說英國的文藝復興期是隨了他的著作而同來的.他的生年較莎士比亞約前一世紀,與亞里奧斯托,馬查委里及拉培萊是同時代.慕爾是一個偉大的法律家,一個學者,一個具着廣博知識與賞鑑的人.他後因反對英王亨利第八(Henry VIII)被其所殺.慕爾在少年時,即受新的學問的影響,他是最初的學讀希臘文的英國人中之一.他的著名作品烏托邦(Utopia),曾給影響於培根(Bacon)及許多別的人的做着將來的美夢的作者的,顯然是根

慕爾 烏托邦的作者.

據於柏拉圖的理想國（Republic）的．我們如果不記着文藝復興期是發見新的國土與發見古書的快樂的時代，我們便不能明白這個時代的精神；這個時代是偉大的航海者的時代，也是偉大的詩人的時代．亞美利加的奇異的新洲是已發見了，這是天然的給一位文藝復興期的思想家，他本是厭倦古代的壞處想慕着一個更近理更和平的社會的，去想像這樣一個遠島，一個烏托邦的存在，在那里，人們是快樂而滿足的聚居着．慕爾隨着伊拉司摩之後，也以拉丁文寫他的烏托邦．此書第一次出版於一千五百十六年．第一本英譯出版於一千五百五十一年（Ralph Robinson 譯的）．在烏托邦裏，慕爾描寫一個理想的島地的共和國，一羣人民生活於理想生活中的家．柏底孫（Mark Pattison）說，在烏托邦裏，慕爾『不僅滅除通常的權威的罪惡，但還證明一個感情的光明，遠出於他同時代作者的大部分政治家似的思想之上，不僅聲言異教的寬容，且竟到達了不注意宗教信條的哲學的觀念的地位．』

英國文藝復興期散文作家的重要者還有赫克里特（Richard Hakluyt），他作了一部旅行（Voyages），寫特萊克（Drake）及他的探險的同伴之事；李萊（John Lyly），他作了一部優芾士（Euphues），這是流行於那時衆人正開始證明他們本國文字的充分美麗的時候的顏色太濃，雕飾過甚的作品的一例。

六

冒險的精神，美的悅樂，古希臘的新知識及意大利文藝復興期的詩歌，皆有影響於英國伊麗莎白時代的詩歌。伊麗莎白（Elizabeth）女皇她自己是很好的學者，且爲文人的庇護者。在她登皇座之前，英詩人之著者有魏特（Sir Thomas Wyatt）及沙萊伯爵（the Earl of Surrey），這兩個詩人俱在亨利第八時代，被這位專制者所殺。魏特是第一個用英文寫十四行詩的人。在十四行詩之外，他還寫了好些別的詩，他的優美的詩才在下面的一首情人的訴語（The Lover's Appeal）可以看出：

你將這樣的離開我麼，
我把我的心給了你；
永不曾想到離別，
也永不曾想到痛苦或悲楚；
而你竟將這樣的離開我麼？
說不！說不！

你將這樣的離開我，
而沒有一點憐憫我，
那個愛你的人麼？
唉！你的殘忍呀！
你竟將這樣的離開我麼？

魏特與沙萊是西特尼(Sydney)及史賓塞(Spencer)的前驅者．西特尼(Sir Philip Sidney)是英國文學史中最有趣的人物之一——他是詩人，學者，遊歷家，及兵士．他的阿卡狄亞(Arcadia)是一部散文的傳奇．他的詩的辯護(Apology for Poetry)是一篇詩人辯護他的藝術的有趣文章．他的阿史特洛弗與史特拉(Astrophel and Stella)是一集的十四行詩，敘那他自己的悲苦的戀愛故事的，有時塗飾太過，但大體是很懇摯的．

史賓塞(Edmund Spencer)是

史賓塞 他是兵士．又是詩人．

仙后的作者，一千五百五十二年，生於倫敦；他的詩有道：

> 愉樂之倫敦，我的最慈愛的乳母，
> 給我以這個生命的最初的鄉土之源。

當他還是一個童子時，他已能把古詩人辟特拉契(Petrarch)的著作譯成英詩。他的第一册詩集牧人的日歷(Shepherd's Calender)出版於一五七九年，是貢獻於西特尼的。到了一千五百八十年，史賓塞被任命為愛爾蘭的 the Lord Deputy 的祕書，他的以後的生活便大部分消磨於這個地方。他死於一千五百九十九年，葬於威士敏斯特寺，靠近於却賽的墳。他的偉大作品仙后(The Farrie Queene)是在愛爾蘭寫的。牠是描寫一個英國人的性格與教育的，比譬繁富，非常不容易懂。這詩的故事裏，有勇敢的武士，有可怕的巨龍。牠在文學上的價值依靠於詩句的悅耳，想像的繁富與美感的充溢。查爾司·蘭(Charles Lamb)稱史賓塞為『詩人中的詩人』；後來的大詩人如米爾頓，蒲伯，(Pope)濟慈(Keats)等都自稱受他的影響。

伊麗莎白時代的作家還有拉萊(Sir Walter Raleigh)他是史賓塞的朋友，一個最有豪俠氣的人，一個從事於實際活動的人。伊麗莎白死後，蘇格蘭的琪摩士(James)卽位，他被這個新君囚禁於塔中十三年，在這個時候，他寫了他的世界歷史。特萊頓(Michal Drayton)是莎士比亞與瓊生(Ben Jenson)的朋友，生於一五六三年，死於一六三一年，所寫的十四行詩可以比肩於莎士比亞。他的著作最多，最優美的一部分可以在他的早作牧人的花園(The Shepherd's Garland)裏找到。

莎士比亞(William Shakespeare)是所有伊麗莎白時代作家中的最偉大者，也是文藝復興期的三大作家之一。莎士比亞在英國文學史上的地位，較之中國的偉大詩人杜甫在中國文學史上的尤爲重要，而且影響更大。他所遺留於世界文庫裏的寶藏是任何作家所不能企及的。莎士比亞生於一千五百六十四年，幼年時甚貧苦。二十二歲至倫敦，初在劇場裏爲演劇者。後乃爲劇場修改古代戲曲

威斯敏司特寺中的莎士比亞紀念像

再後則自己製作劇本，供劇場的演作．他的一生，自壯年時起，差不多無一刻不與劇場相聯合，他的全部力量也都耗費在戲曲上。他的著作劇本的時期，前後歷二十年，所作劇本凡三十七篇，可以分爲喜劇，悲劇，歷史劇三類。喜劇以夏夜夢等爲代表，悲劇以韓莫雷特，奧賽洛，麥克伯等爲代表，歷史劇以凱薩，亨利第六等爲代表。他死於一千六百十六年。他的劇本裏的人物極爲複雜，有的是日常

王子亞述與赫保特 (W. F. Yoames 作)
見莎士比亞約翰王第四幕第一場

遇到的人，有的是歷史上的人物，有的是人間的英雄，有的超人間的神仙，而他寫來都各栩栩欲活，各個時代的生活，各種社會的裏面，也都極真切的表現於讀者之前。很少作家寫作的範圍有他這樣廣漠而且複雜。他的作品裏所具有是最飄逸的幻想，最靜美的仙境，最廣闊的滑稽，最深入的機警，最深摯的憐憫心，最強烈的熱情，以及最真切的哲學。他的喜劇使人嬉笑，他的悲劇使人感泣。他早期的作品多半是喜劇，中期多作歷史劇，晚年則

一六二三年出版的
莎士比亞集的題葉

多作悲劇。但他在悲劇之中，亦間雜有喜劇的分子。他覺得喜劇與悲劇在人的生活裏是時時雜在一處的，淚與笑是有一個共同的根源而流於共同的溝渠中的。他在最後的七八年中，他的生活算是最快樂。他的心靈成熟了，他的熱情柔和了，希望的熱病已退去了；他已得到了永久的地位，他的使命已完成了。在最後的三年中，他差不多什麼劇本也沒有寫。綜讀他的作品，最足以使我們感動的是他的喜劇夏夜夢（Midsummer Night's Dream）及威尼司商人（Merchant of Venice）與他的悲劇羅米奧與朱麗葉（Romeo and Juliet），韓莫雷特（Hamlet）與塞洛（Othello），麥克伯（Macbeth）求里·凱薩（Julius Caesar）及安東尼與克麗亞巴特拉（Antony and Cleopatra）等。夏夜夢以純然滑稽的文筆敍仙羣間與人羣間的戀愛故事，充滿仙境的美趣，發笑的資料。威尼司商人是敍猶太商人夏洛克的刻毒與安東尼的忠厚，鮑梯霞的機警的，更串插着可笑的瑣事；所有的全是人間的事實，與夏夜夢之帶超自然的色彩者不同。羅米奧與朱麗葉敍生於兩個仇家的

一對青年男女互相戀愛，然因兩家相仇之故，二人終於很淒楚的死去。此劇描寫

鮑梯霞 (Portia)

威尼司商人中之女英雄。

戀愛的情境與心理是極有趣味的.韓莫雷特敍丹麥太子韓莫雷特爲父復仇之事.這是世界最偉大的悲劇之一.感動了無量數讀者的心,使之悽然欲泣.奧塞洛也是最悲痛的悲劇之一;威尼司的摩爾人奧塞洛因攻戰勇敢而引動一個女子的心,她終於嫁了他,後來他却誤殺了她,留下不可磨滅的創痕在他的心上,且留下不能消失的悲感在讀者的心上.麥克伯是敍麥克伯及他的妻篡王位而終於失敗的事,劇中瀰漫

威尼司商人中之人物:猶太人夏洛克.

了一種陰鷙可恐的空氣。求里・凱薩敍羅馬的最偉大人物凱薩的事;他描寫凱薩被其友白魯托士(Brutus)所刺死的一段,我們覺得如身在其間看凱薩之受刃倒地,看白魯托士慷慨的在演說道『我不是愛凱薩淺,是因爲我愛羅馬深,』看

奧塞洛中的主人翁

安東尼指着滿身血汚的凱薩屍體，悲壯的在鼓動市民思念這個偉大人物的生平而爲之復仇。安東尼與克麗亞巴特拉則敍羅馬後三雄之一的安東尼與埃及女王克麗亞巴特拉戀愛而終至於以死爲他們戀愛的結局的事。大概莎士比亞的劇本的題材，多有所本，然而同樣的一個故事，一經他的烘染便立刻有了活潑潑的生氣，無論在舞臺上，在紙上，都足以使無量數的人如親睹其事，如身歷其境。他的超絕的藝術手腕誠然是無有可與並肩的！當這個時候，卽所謂莎士比亞的時代，戲劇的技術，尚是幼稚。舞臺並不高出於地，有些觀衆簡直就坐於臺上。演劇的時間都在白晝，不能容什麼神祕的機關變化之類的東西。所以無論什麼超自然的印象，如韓莫雷特及麥克伯二劇中之鬼，夏夜夢劇中之仙等必須寫得爲演者能力及觀衆想像所能及。

馬洛(Christopher Marlowe)是莎士比亞的朋友，且也是一個偉大的戲劇作家；他的生年與莎士比亞是同年。史文葆(Swinburhe)稱他爲『英國悲劇之父，英國無韻詩的創造者』。他的父親是一個鞋匠。他進康橋大學，在一千五百八十四年得了學位。他的第一篇悲劇大唐保蘭 (Tamburlane the Great) 在他二十四歲時便在劇場演唱。不久，他的第二部傑作法烏斯特的悲史 (Tragical History of

亨利第八。莎士比亞歷史劇之一中的人物

Doctor Faustus）又出現。這篇悲劇的題材是依據於中世紀的德國的一個傳說。馬爾泰的猶太人（The Jew of Malta）及愛德華第二（Edward the Second）繼此而出現。據相傳的說，莎士比亞的亨利第六一劇有一部分是馬洛寫的。一千五百九十三年的春天，馬洛由倫敦到狄甫福，（Deptford）在旅館中爲人所殺死。

瓊生（Ben Jonson）也是莎士比亞的友人，他比莎士比亞及馬洛後生了八年。他的父親是新教的傳道師。瓊生曾做了幾時的兵士，但在二十餘歲時，他卽與倫敦的伶人與劇作家厮混在一起，以在一次決鬬中殺了一個伶人得名。他的第一部劇本每個人在他的滑稽中（Every Man in his Humour）出演於一千五百九十八年，莎士比亞也是演員之一。此後，他又寫了不少的劇本，以沉默的婦人（The Silent Woman）等三四劇爲最著。他譏刺他那時代的人與風俗，正如阿里斯多芬之譏刺雅典人。他也寫作論文及格言等，然俱不大好。他的最可傳的作品是他的美麗的抒情詩。他死於一千六百三十七年，葬於威司敏斯特寺。

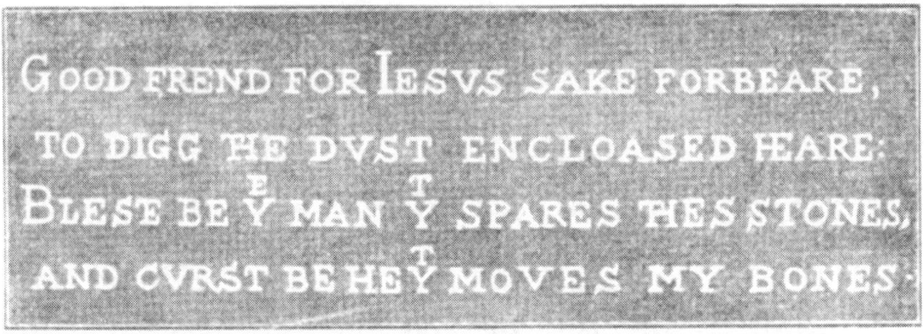
GOOD FREND FOR IESVS SAKE FORBEARE,
TO DIGG THE DVST ENCLOASED HEARE:
BLESE BE YE MAN YT SPARES THES STONES,
AND CVRST BE HE YT MOVES MY BONES.

莎士比亞墳上的碑文

瓊生

英國的偉大散文作家，在慕爾之後的，有培根（Francis Bacon）．培根是政治家，法律家，哲學家及文學家；在每一方面，他都占到優越的地位．他的知識範圍極爲廣博，那時存在的學問，他無有不知，無有不熟悉．他以他的思想感動了全世界，以一個新的戰術反抗無知與無秩序．培根的生活時期正是伊麗莎白的全盛時代．他生於一千五百六十年，死於一千六百二十六年．他

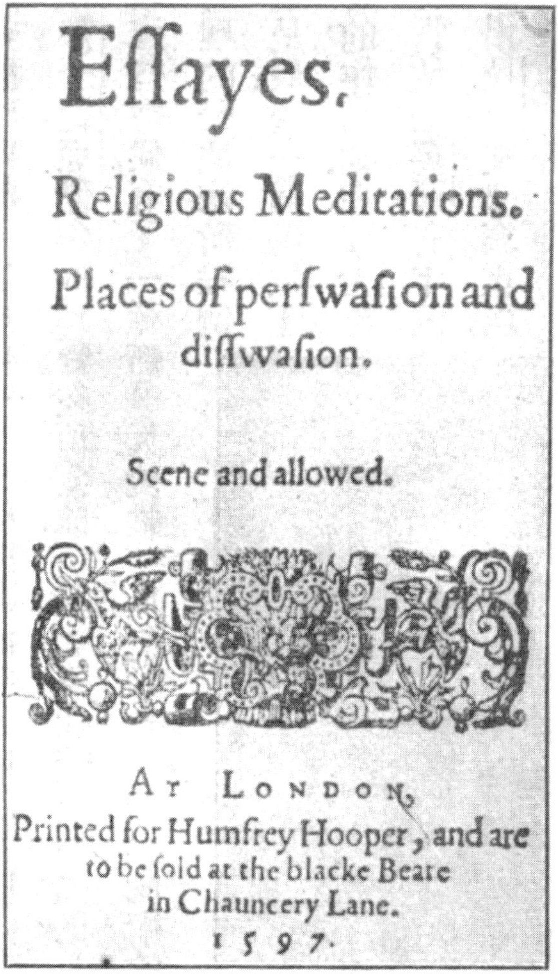
Essayes.

Religious Meditations.

Places of perswasion and disswasion.

Seene and allowed.

At London,

Printed for Humfrey Hooper, and are to be sold at the blacke Beare in Chauncery Lane.

1597.

培根論文集第一版之題頁

在兒童時，卽承受文藝復興期的豐富光榮的知識遺傳。在他中年，他看見史賓塞，曼唐西萬提司，及莎士比亞傑作的刋行。在他死前，法國文學的黃金時代正在初放曙光。科學界在這些時候，有了一種新的大變動，中世紀的神祕的與魔術的信仰已爲實驗的合理的歸納法所推倒。他承受這一切。他是最後一個用拉丁文來寫他最重要的作品的。在莎士比亞的時代，他還不肯信任英國文字的將來，而仍頑固的用拉丁文來寫東西，這實是很無謂的。他的著作，最著的有論文集(Essays)亨利第七時代的歷史(The History of Henry VII)及新大西洋(The New Atlantic)而尤以新

培根

大西洋爲最足代表他的思想.新大西洋是一部哲學的小說,依據於柏拉圖的西洋中失去的一島的故事.培根做此書,並沒有做完.他與柏拉圖,慕爾及其他近代做「理想國」「烏托邦」的書的作者一樣,在新大西洋裏把他的現想中的共和國,人世的天堂,細細的描寫出.他除了這些著作外,還譯些讚歌爲英文.

六

文藝復興的潮流,也流到了歐洲北部的德意志,釀成了絕大的宗教改革運動.然馬丁、路德(Martin Luther)諸人,本爲宗教家而於文學方面無甚關係.這時期的德國文學者,最著的有費士查特(Johann Fischart)及沙克士(Hano Sacks)二人.費士查特生於一千五百五十年,死於一千五百九十年.他初學法律,被任命爲法官.曾譯拉培萊的潘泰格魯爾,又以假名作詩歌,攻擊舊教.所著 Das Glück-hafte Schiff Von Zürick 一卷,其中所有的詩都很精美.沙克士生於一千四百九十四年.他的家境很貧苦,他的父親是縫匠,他自己曾學爲鞋匠後漸作詩歌，成爲著名的詩人。他的詩境甚靜美，當時喧擾攻難之風毫不沾染到他。又作戲曲，差不多用他的全力去作，先後共作有二百餘種之多。他死於一千五百七十六年。

參考書目

一．蕭爾(Edith Schel)的文藝復興(The Renaissance)一書可爲對於文藝復興一般研究的幫助。

二．西蒙士(John Addington Symonds)的意大利的文藝復興(The Renaissance in Italy)，共七册。

三．加敢漢傳(The Life of Gargantua)有Urquhart的英譯本。

四．帝王論有伍光建的中譯本，(譯本名霸術)商務印書館出版。

五．在他作品裏的拉培爾(Rabelais in his Writing's)斯密士(W. F. Smith)著。

六．伊拉司摩的書簡(The Epistles of Erasmus)，英譯本凡三册，係尼考爾(F. M. Nicholls)

所編。

七愚的讚頌(In Praise of Folly),伊拉司摩著,英譯本附有伊拉司摩的傳及他給慕爾的一封信。

八烏托邦(Utopia),湯麥士·慕爾(Tnomas More)著,"Scott Library"中有之。

九吉訶德先生(Don Quixote),西萬提司著。英譯本在萬人叢書(Everyman's Libray)中之,共二册。

十研究伊麗莎白時代的英國文學可讀桑次保萊教授(G. Saintsbury)的伊麗莎白時代文學史(A History of Elizabethian Literature)。

十一莎士比亞的全集版本極多,他的劇本亦有各種單行的本子可得。

十二莎士比亞傳(The Life of Shakespeare),西特尼李(Sir Sidney Lee)著。

十　莎士比亞時代(The Age of Shakespeare),西康(T. Seccombe)及亞連(J. W. Allen)合著,倍爾公司(Messrs. Bell)出版的「英國文學小叢書」(Handbook of English Literature)之一。

十四馬洛(C. Marlowe)的全集,C. F. Tucker Brooke編,牛津大學出版部出版。

十五．瓊生(Ben Jonson)的戲曲集凡二冊，有萬人叢書本．

十六．培根的論文集共二冊，Abbott 編，郎門公司(Longmans)出版，萬人叢書中亦有之，僅一冊．

十七．培根的新大西洋在牛津大學出版部的世界名著(World's Classics)中有之，與他的"Advancement of Learning"合訂為一冊．

第二十一章　十七世紀的英國文學

第二十一章　十七世紀的英國文學

一

歐洲文學在十七世紀的時候頓現沈滯不進之狀，德、意、西班牙諸國俱無甚偉大的作家出現；所可注意者唯英、法二國而已。

十七世紀的英國是清教徒的時代(the Puritan Century)。在依麗莎白時代的初期，好些大詩人都可算是清教徒。如西特尼及斯賓塞都是對於文藝復興期的一般異教思想不表同情的。然而這個詩歌與清教思想的聯合只是一時的現象。到了莎士比亞的時候，便看不見牠的蹤痕了。因爲詩人厭棄了清教，於是清教徒乃至一般非清教徒而具有宗教思想的人，開始視詩歌爲一種魔鬼的東西。赫倍特(George Herbert)當他受聖諭(Holy Orders)時，竟將他的戀歌都投於火爐中了．杜尼(Donne)也想以火來燒毀他自己的詩歌，虧得被他的朋友阻止住了．但當大部分的英國在注意於宗教的及無代表則不納稅的問題時，那些真正的愛自然，愛生命的人却未嘗沒有表現他們自己在文學裏，如赫里克(Robert Herrick)便是其中最著名的一個．赫里克是台文蕭(Devonshire)的一個牧師，他幾有二十年住在一個荒僻的鄉村中，對於在他四周的生活都極感

赫里克

興趣。他的性情很奇怪；據說，他常教一隻猪從酒瓶飲酒，又有一次，他在聚會講道時，因爲他們不注意聽講，他便把講稿拋擲去了。他是忠於英王而憎厭清教徒的，所以當共和時代，他被他們所驅逐。到了王政恢復，他又歸來。在八十四歲的高齡死於他的教區裏。赫里克的愛自然在英國文學裏彈奏出一種新調。他差不多是第一個『教士詩人。』他的詩，如安特留蘭所批評是：『像一片廣大的笑耀着的草原，在六月的初旬，點綴着花朵，而柔蕩着羣鳥的歌聲。』

赫里克的忠於王室，使他失業了數年，而同時詩人洛委萊士(Richard Lovelace)的忠於王室，却使他喪失了全部幸福。清教徒深恨他，判決了他死刑。他死時年才四十。他是一個光榮美貌的騎士詩人。一千六百四十二年時，洛委萊士被囚禁於威士敏斯脫，因爲要求英王的復位；在那里，他寫一首著名的詩獄中寄亞爾茜(To Althea from Prison)，中有一節最爲後人所傳誦：

石牆不能成爲一所監獄，

鐵窗也不能成爲一籠;
無辜而沈靜的心靈,
視這些如一所隱居之屋.
如果我在我的戀愛中有自由,
如果我在我的靈魂裏是自由,
那末,只有翔翺於天上的安琪兒,
才享受得到這樣的無拘束.

在赫里克與洛委萊士之外,瓦勞(Edmund Waller)也是一個愛王室的詩人.這實是一件奇怪的事,在英王與國會爭鬭的時期中,所有虔敬上帝的文學乃都出於忠於王室的教士的筆端而不出於淸教徒的手下.

二

在內亂之前數年所出版的許多書籍中,葆頓(Robert Burton)的憂鬱的解剖（Anatomy of Melancholy）是最著名者之一。葆頓也是一個「教士的文學家」，他的散文在英文學裏是可以列於第一流的。憂鬱的解剖包含憂鬱的定義，關於致憂鬱的諸種原因的討論及他所提示的救治法。戀愛的憂鬱占了一部分，在那里，葆頓的奇妙的滑稽充分的表白出。他引用古今作家的名言以解釋他的意思，許多人猜測他所引用的名句，有一大部分是他自己所創出的。葆頓的滑稽與聰慧可在下面引的幾句中看出，這些句子現在差不多都已成了英國人日常口說的話語了：

一個矮子站在一個長人的肩上，可以看望得比長人他自己更遠些。

他造鞋子的人自己卻赤着足走路。

辯士聰明，金鎊糊塗。

所有我們的鴨子都是鴻鵠。

同樣羽毛的鳥飛集在一處。

，上帝有廟殿的地方惡魔也將有祈禱所。

湯麥士・白朗(Sir Thomas Browne)的"Riligio Medici"也是那時的極著名的作品之一在白朗還活在世上時，此書即已譯成法、德、意、荷蘭諸國的文字而流傳於各處。白朗生於一千六百〇五年，是一個布帛商的兒子，他曾受教育於文齊斯德(Winchester)及握斯福 (Oxford)，又在大陸學了幾年的醫，後來到諾威契(Norwich)爲醫生，在那里住了四十年以上。白朗還寫了基督教的

白朗

道德，給一個友人的信及"Urn Burial"。白朗的文字很喜歡雕飾，而且雕飾得異常精美。哥斯(E. Gosse)說：『白朗被人大大感興趣的是文辭的美麗以及他們的聲音，他們的形式，他們所引起的想像。』然而他的書是不易讀的。

三

米爾頓(John Milton)是共和時代的最大詩人，是可與莎士比亞比肩而立的一個大作家。他是中產階級的一個家庭的兒子，在一千六百〇八年生於倫敦。一千六百二十九年，畢業於劍橋大學；在三十歲之前寫了不少的短詩，又到大陸遊歷。在英王查利第一被殺後，他成了國家會議的拉丁文祕書，這時他作了不少論文。一千六百五十一年，他的眼睛開始失明。王政恢復，他又失了他的職位。這時以後，他陸續著成了不朽的大著：失樂園(Paradise Lost, 1667)，得樂園(Paradise Regained, 1671)及參孫(Samson Agonistes)。他的這些大著就是口述給他的女兒聽而由她記錄下來的。他死於一千六百七十四年，得年六十六歲。失樂園是荷馬與委琪爾之後最偉大的史詩，牠留遺給現代讀者以清教徒的神與人的關係觀。米爾頓在這書裏表現出他的最豐富的想像，最精巧的敍寫材料極繁複，而詩的音調極優美。每一行都可反映出這位大詩人的性格。失樂園的題材是敍人被逐出樂園的故事，敍到這事的原因及其結果。全書共十二卷。開首敍薩坦(Satan)與上帝反抗而失敗之後從天堂落到地獄，他在那里再集合同黨。他到外面去遊歷，幻變為一個光明的天使進了世界，到太陽上去，到地球上去，

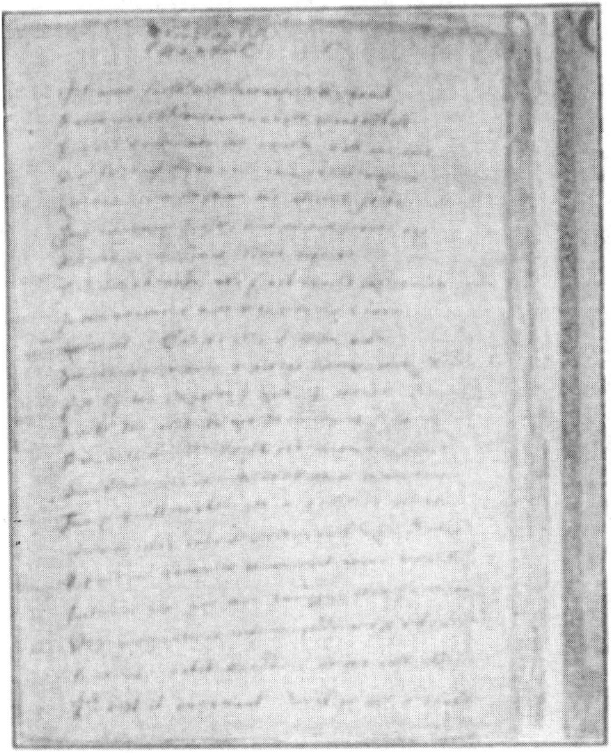

失樂園原稿之一部分

又到了天堂上去.他在天堂裏看着亞當,夏娃在那里的快樂生活,想破壞牠,便用了一個夢欲引誘夏娃向罪惡之路走去,但爲一陣守護着的天使們所阻住而不得逞.這是頭四卷的故事,是全詩中最美麗最動人的地方.在繼續下去的四卷裏,米爾頓追述薩坦所以被逐出天堂的原因,並描寫世界的創

米爾頓

造。這些故事他都把他們放在天使長拉弗爾（Raphael）口中說出，拉弗爾是上帝派遣來警告亞當夏娃，叫他們不要不聽話，且答覆他們的問語的。他敍出薩坦與他同伴反抗上帝，經過了三天的戰事，而薩坦失敗了的事，又敍出上帝創造世界的事。爲求敍事方法的變換，在第八卷裏，米爾頓使亞當自己向拉弗爾敍述夏娃創造出來及禁食善惡知識樹的果子的事。拉弗爾囑咐亞當保護夏娃，不要求知識。在這四卷裏，此詩的興趣減削了不少，半因第七卷敍世界創造的故事過於求合於創世記，半因第七第八二卷中薩坦都沒有被寫入。最後的四卷則敘人的被罰。在第九卷裏敍夏娃不聽亞當的勸告，獨自散步於園中，薩坦幻變了一條蛇，告訴她說，他是蛇，因爲吃了知識樹上的果子所以會說話，並勸夏娃也吃這些果子以增進智力。夏娃被誘惑而吃了智果，還要求亞當也去吃。亞當因爲愛她，決意反違上帝而與她同受罰，便也吃了這果。在最後的二卷裏，在亞當與夏娃將出樂園時，上帝遣天使長米齊爾（Michael）告訴他們說，他們的刑罰在上帝之子犧牲他

米爾頓之默讀參孫 (J. C. Horsley 作)

詩人盲了.口對他的女兒誦讀他的參孫.由她寫在紙上.

自己時便可以赦免亞當，夏娃便帶了將來可以復歸樂園的希望而出了樂園．全詩遂止於此．這四卷又得了與首四卷同樣的史詩的弘麗．得樂園共四卷．沒有失樂園那樣的使人注意．參孫 (Samson Agonistes) 也是以聖經的一個故事爲題材．參孫是一個力士，不薙髮，曾手裂一獅．後仇人以計薙他的髮，他的力遂離身．因被執．仇人矐其目，使他旋磨於獄中．後參孫髮漸長，力亦復原，乃於仇人演劇之時，力折托柱，觀劇者俱死，他自己也以身殉仇．

馬委爾 (Andrew Marvell) 是米爾頓的朋友，雖然他原來很表同情於查利第一，而通常都稱他爲一個清教徒的詩人．他常作詩諷刺長期國會．他是一個田野的詩人，愛悅花園，森林，河流及禽鳥．沒有一個英國詩人比他更愛自然的；他描寫村郊，觀察牠的各種特質，讚賞牠的特異的可愛與美麗的地方．

還有瓦爾頓 (Izaak Walton) 也是愛自然的作家．他生於一千五百九十三年，他的名著完成的釣者 (Compleat Angler) 則出現於一千六百五十三年，這時他正是六十歲。他從幼年起，所交遊的都是上流階級。一千六百四十四年時，他便退老於家，此後，還繼續活了四十年，完成的釣者及傳記（Lives）都是這個時期產生的。完成的釣者顯然的是一位已致於肅靜的老年的作家所著的；全書的意思可表現於最後一頁的『習靜』（Study to Be Queit）數字上。牠是一部實際的釣魚術，然其價值遠過於此。鄉村的景色是瓦爾頓所讚賞不已的，他尤其喜的是鄉村的沈靜與安息，溫柔與靜美，使人讀之便如置心於和平而沈靜之境，渾忘了有世間的飢餓與苦作等事。他的傳記也是傳記中的珍寶。約翰生（Johnson）甚稱許此書。

米爾頓是宣揚清教徒的文化的，與他同時而宣揚清教徒的熱忱的，有約翰、彭揚（John Bunyan）。彭揚的大著天路歷程（The Pilgrim's Progress）是一部極感人的作品，論者嘗謂『無數千的人曾讀之而流淚』。天路歷程中全以抽象的德性與惡行作爲有人格的，他的想像力極爲豐富，幾使他們真成爲人。他的文筆是如此的動人，竟使兩個『性格』的對話，比之平常劇本中兩個眞實的人的對話還迫眞。彭揚並沒有受過什麽教育。他父親是一個補鍋匠，他自己也是一個補鍋匠。他常說道：『我沒有到過學校，讀過亞里斯多德或柏拉圖，但是很貧賤的在我父親屋裏長大，所交遊都是窮苦的鄉人。』他生於一千六百二十八年。在內亂的初期，彭揚是一個兵士，一年後，他歸家結婚。他於受洗禮後卽出外傳道，不久，卽大得名譽。王政復古後，彭揚被捕下獄，在獄中住了十二年。他在獄中很自由，家族朋友可以隨時入見，且可在獄中宣道，每天還能出獄走走。在這幾年的囚禁生活中，彭揚得益不少；監獄給他時間以讀書思想，著作。天路歷程的第一部卽寫於獄中。出獄後，續作了牠的第二部，又作反對基督教的討論(Discourse upon Anti-Christ)，惡人君的生平及其死(The Life and Death of Mr. Badman)，神聖戰爭(The Holy War)以及許多的詩。以天路歷程爲最著。自聖經之外，此書便算是最爲多數英國人所讀的了。其他諸國沒有無譯本的，連中國也早已有之。彭揚死於一千六百八

基督教徒與阿波龍之戰鬪 (Willian Strang 作

十八年.天路歷程的開始,敘一個名基督教徒(Christian)的.在田野中讀書,悲哀的叫道:『怎樣能得救呢?』一個傳道使者指示他向方便門走去,好意開了門,又叫他向一條窄路走.他到了度濟路,擔

彭揚

負從背上落下，身體輕鬆了．又到了艱難山，懦怯與惑者勸他回轉，但他仍努力向前，到了美麗宮，遇見聰明，謹愼，慈惠諸人．由此上路到卑躬谷，遇見一個惡魔名阿波龍(Apollon)的，與他爭鬪，幸得打敗了阿波龍，經過死影谷而遇到忠誠，與他同進名利市場．忠誠被妒善公(Lord Hategood)所殺，基教徒幸得脫險，又遇到一友名希望．不料二人又迷路而至疑宮，疑宮的主人是失望巨妖，他的妻子是猜疑，他們把基督教與希望囚禁在獄中，給與種種的虐待．基督徒偷開了監獄的鎖偕希望逃了出去．到了愉快山，那里有一羣牧羊人，名爲知識，經驗，誠懇等的，歡迎他們．他們又由此動身，遇見趨奉，被引入羅網中，虧得一位光明的使者裂破了羅網，使他再得上路．此後，他們便平安的進了天城，許多人拿着樂器歡迎他們，全城金鐘齊響，似乎在歡呼道：『進來與你的主同享歡樂．』這是第一篇的故事，至於第二篇則敍基督徒的妻與子女們離了絕滅城進入天國而與她丈夫重聚的事．讀者通常尤愛讀其第一篇．

四

王政復古時代的作家有柏比士(Samuel Pepys)特里頓(Dryden)諸人.柏比士生於一千六百三十三年,死於一千七百〇三年,他的著名是因他的日記,這部日記開始於一六六〇年的正月,至一六六九年的五月三十一日爲止,此後便因眼疾增劇而不能再記錄了.全書原都用縮寫字記下,且雜以外國文.直到他死後一百二十年,此日記才被譯出印行.這是一部無比的有趣的書,細

彭揚的妻代他求和請求他的出獄.

寫出作者的心底的祕密及日常的極瑣碎的行動.在歷史上,此書也很有用處

依弗林(John Evelyn)也是當時的一個日記作家,他生於一千六百二十年,死於一千七百〇六年.他的日記的價值是在於告訴我們十七世紀的畏敬上帝的鄉村中上流人的生活,正如柏比士之日記告訴我們那時大部分未受教育的國民的生活一樣.

蒲忒勞(Samuel Butler)的希狄巴拉士(Hudibras)是英國文學上名著之一;柏比士告訴我們說,牠是當時最流行的書.然而蒲忒勞却未於此得什麼利益.他是忠於王室的,然而却也並未於國王那里得到一點東西.所以他的生活很窮苦.他生於一千六百十二年;並未參預於內戰,是當時許多坐觀國會與英王爭鬬的文人之一.他極受西萬提司的影響.希狄巴拉士就是吉訶德先生的後繼者.

特里頓(John Dryden)是這時最大的詩人,也寫着暢美的散文.他生於一千六百五十四年,在康橋大學受教育.他是他的時代的最爲多方面的詩人.一六八

一年，他發表了"Absalom and Achitophel"，這是英國文字中第一篇整潔的諷刺詩．"Religio Laici"是史格得(Scott)所稱為最可贊美的詩篇之一．他的許多劇本是死了，但他的『寓言』(Fables)，用韻文寫的長故事，却在任何國文字中都不會死朽．有好幾篇，讀者每非讀至終卷不釋．他們是小的史詩，在最好的節段，可以比得上荷馬的風格．他的高貴的歌(Odes)也是值得記憶住的．

在戲劇方面，這時也現出新時代的精神．當查利第二在座時，莫里哀(Molière)正在法國著作；自然的，英國王政復古

特里頓

時代的戲劇家要受到這位偉大的法國喜劇作家的影響．孔格里夫 (W. Congreve) 是這時最可注意的戲劇家，他的世道 (The Way of the World) 是不可及的一篇喜劇傑作．還有魏查萊 (W. Wycherley) 比孔格里夫老了三十歲，也作了鄉婦等劇．特里頓也是當時著名劇作家之一，但他的偉大却不在他的戲劇上．

參考書目

一．赫里克的詩集在牛津大學出版部的世界名著 (The World's Classics) 中有之．

二．湯麥士・白朗的著作共三冊，在倍爾 (G. Bell) 公司出版的彭氏叢書 (Bohn's Library) 中．

三．白朗的 "Religio Medici" 單行本在鄧特公司出版的萬人叢書中．

四．葆爾頓 (R. Burton) 的憂鬱的剖解收在倍爾公司的彭氏叢書中，共三冊．

五．米爾頓的英文詩集 (English Poems) 包含失樂園，得樂園，"Samson Agonistes" 及早年的詩，共二冊，為 R. C. Browne 編的，牛津大學出版部出版．

六．米爾頓傳 (Life of Milton)，馬遜 (David Masson) 作．

七．米爾頓，柏底孫(Meark Puttison)著，在麥美倫公司出版的英國文人叢書(The English Men of Letter Series)中．

八．瓦爾頓(J. Walton)的完成的釣者在萬人叢書中．

九．瓦爾頓的傳記，有史格得(Walter Scott)公司出版的一本．

十．馬委爾的詩集共二冊，Routledge 公司出版．

十一．彭揚的天路歷程及其他，有牛津大學出版部出版的一本．

十二．彭揚的神聖戰爭及其他，亦由牛津大學出版部出版．

十三．約翰·彭揚：他的生平，時代及著作(John Bunyan: His Life, Times, and Work)，白朗(Dr. John Brown)著，共二冊，辟特門(Pitman)公司出版．

十四．麥考萊(Macaulay)也有一篇彭揚論．

十五．柏比士的日記，惠特萊(H. B. Wheatley)編，共八冊，在倍爾公司的彭氏叢書中．萬人叢書中亦有之，共二冊．

十六.柏比士(Pepys),洛薄克(Percy Lubbock)著在『文學家傳』(Literary Lives)叢書中.(Holder & Stoughton 出版)

十七.希狄巴拉士(Hudibras),瓦勞(A. R. Waller)編,康橋大學出版部出版.

十八.特里頓的詩集,有牛津大學出版部印的一本.

十九.特里頓的戲劇的論文集在萬人叢書中.

二十.萬人叢書中,有一本『王政復古時代的戲曲集』爲哥斯(E. Gosse)所編.

二十一.菲蕭·恩文(Fisher Unwin)公司出版的"Mermaid"古代戲劇叢書中有特里頓,(共二册)孔格里夫,魏查萊諸人的戲曲集.

二十二.特里頓 桑次葆萊(Saintsbury)作,在英國文人叢書中.

第二十二章

十七世纪的法國文學

第二十二章　十七世紀的法國文學

一

柏斯哥爾(Blaise Pascal)是法國十七世紀前半的少數的大作家之一，他是一個法國的清教徒（卽 Jansenest）．他生於一千六百二十三年，是一個算學家，神學家，同時又是一個偉大的作家．在他的"Lettres Provinciales"及他的『雜思』(Pensées)裏，柏斯哥爾講到人生的大問題．宇宙是如此的大，人是如此的小．柏斯哥爾望着天空，叫道『那些無垠的空間的永久沈默，給我以恐懼』．他的許多的『雜思』都簡明而動人，差不多在各國都已成了日常的熟語．這裏舉兩個例：

人不過是一根蘆葦，自然界裏最輭弱的東西，但卻是一根有思想的蘆葦．

如果克麗亞巴特拉(Cleopatra)的鼻子短了些，世界全部的歷史便要變動了．

大主教李查留(Richelieu)對於法國文學的發達是很有功績的．他在一千六百二十九年創立了法蘭西學院(The French Academy)．他對於文學，也與他之對於一切東西一樣要求權威與秩序．然因此便不免偏於守舊．這個學院造成了正確的法國語言，建立了一個公認的文學批評的標準，創造了一種文學的權威，同時却對於每個新的文學潮流都給以守舊的反對；因此幾個最偉大的法國作家，如莫里哀，福洛貝爾(Flaubert)都不曾被舉在那些『不朽者』中占一席地．這個

柏斯哥爾

學院的最初行動之一，便是鄙夷產生於法國的十七世紀的第一部有天才的書——孔耐爾(Pierre Corneille)的西特(Le Cid)。

孔耐爾於一千六百○六年生於洛因(Rouen)，他的第一篇劇本則產生於一千六百三十六年。孔耐爾的死年是一千六百八十四年，他的後期的劇本是屬於路易十四(Louis XIV)的時代，他站立在法國文學史上的地方，是一個偉大的文學時代的前驅者，而不是那個時代的一個正角。孔耐爾的性格是浪漫的；他愛文辭，如拉培爾之愛他們。孔耐爾又是一個非常不平衡的作家。莫里哀有一次說道：『我的朋友孔耐爾有一個魔神感發他去寫作世界上最優美的韻文，有時，這位魔神不在了，那末，他就寫作得非常的壞了。』他的文名在他生活的時代很盛大，但後來的批評家却算他於不大重要的作家之列。

在孔耐爾的大著西特出版數月之後，偉大的法國哲學家狄卡爾(René Descartes)也發表了他的方法論(Discours de la Méthode)在本書裏不能敘述到狄卡爾在哲學上的地位，然而他在法國文學史上却自有他的地位；他是一位具有流利真樸的風格的散文作家。他生於一千五百九十六年而死於一千六百五十年。他的第一部著作完成時年才十六，此後，在一生中，著作不輟，成了許多卷的傑作。

二

莫里哀(Molière)是法國十七世紀的最大作家，他在法國戲劇上的地位，恰如莎士比亞之在英國。他於一千六百二十二年生於巴黎，正當莎士比亞死後的第六年。他的真名不是莫里哀，是蒲克林(Jean Baptiste Poquelin)；莫里哀乃是他的演劇的名字。他的父親是法王的隨侍。他少時受耶穌會學校的教育，讀過亞里斯多德的著作，譯過Lucretius的文字。他出學校後，原可以繼續他父親的地位，爲王宮的買辦。但他的性質却不適宜於此種事。後來，他的父親變成廢人，不能再做事，他才迫不得已的到國王身邊去接差辦事。一千六百四十一年，他隨路易十三到蘭克杜(Lanquedoe)遊歷.回到巴黎後,他決意投身於戲劇界.這時,他是二十歲.他與好些伶人組織了一個社,租了巴黎的一處網球場,佈置成舞台,以爲演劇之用.然而那時却不是適宜於舞台發達的時代.巴黎是在常常的政治騷擾之中;道路上不很平安,百姓們無觀劇的意念.莫里哀與他的同件在各個網球場上演劇,結果却都不成功.在一千六百四十五年,他還因不能償付劇場上用的燭費而被捕下獄一次呢.

經過在巴黎的四年的失敗之後,莫里哀決定到各省去尋求的他的幸運.此

莫里哀

後十年之久，他的生活都是過着遊行演劇者的生活，一種艱苦而冒險的生活．當臨時舞台在網球場或穀場設立了，四面圍掛以花氈，伶人進出都要與重厚的掛氈相撞．大廳通常以一個插有四支燭的燭盤照耀着，從天花版上掛下來，上面是用滑車，以便時時的把這燭盤放下來看客中便有人把燭花剪去．

莫里哀是一個身材高長的，可愛的慈心人，慷慨，忠厚，而且心情快樂．他的鼻子很厚，他的大嘴帶着厚

想像的病 (C. P. Leslie 作)

辱，他的臉皮是棕色的．他的眉毛是濃黑的，他常動他的濃眉，這給他以他的在劇場上的滑稽的表白．所有他的同時代人都承認為一個偉大的喜劇演員及一個有天才的戲劇作家．莫里哀的著名劇本有裝腔作勢(Les Précieuses Ridicules)，上流人(Le Bourgeois Gentilhomme)，矯偽人(Tartuffe)，孤獨人(Le Misauthrope)及想像的病(Le Malade Imaginaire)等，所有這些劇本，直至今日，舞台上還在演着，正如英國莎士比亞的喜劇及悲劇一樣．

莫里哀的大成功，就是法國喜劇的創造，他是一個寫實主義者，有興味於當時的人民生活．他所寫的是日常生活的戲曲，而以滑稽的筆寫之．因此，在裝腔作勢裏，他笑着一種愛好文藝的婦人們；在矯偽人裏他笑着偽善的人；在想像的病裏，他則譏笑着醫生們．孤獨人是他的所有戲劇中的最偉大者；劇中的英雄阿爾西士(Alceste)是一個感傷的，孤獨的無幻象的人，他站立在一個黑暗寂寞的小街角上，以仇視那個冷酷，淺薄，無同情的世界．

莫里哀的劇本裏，所包含的事變很少，他全時間都用在人物的發展上。每一件事變，每一個地位，如果不能用來使他的人物在看客前更淸楚的顯出，他便拋捨了牠。他所置於舞台的每個人，他也僅只敍到他的特性。他所畫的是輪廓，不是詳細的圖譬。如太托夫 (Tartuffe) 是一個矯僞人，他愛婦人，又愛權力。那就是莫里哀所告訴我的關於他的全部了，那就是他劇本的目的，那就是我們所欲知的他的全部了。

像許多偉大的滑稽家一樣，莫里哀是容忍的。他是永不憤怒，卽對於他所寫的惡人也是如此，因爲他們也是人，有他們自己個性的人。他不保護他們，或代他們辯解，但他確正的冷淡的描寫他們，承認所有的人類，無論他們有如何的缺點，却同時又都具有某種的高貴之點。

莫里哀的最被人所知的喜劇是上流人。劇中主人翁名左定 (Jourdain) 一個有錢的店主，他渴欲進入社會之中。爲欲得適當的禮節與適當的談話，他便請了一個音樂教師，一個跳舞教師，一個劍術教師，及一個哲學教師。他的女兒要與一個與他同階級的少年結婚，他拒絕了，直到這位少年穿了東方的衣裝，自稱爲土耳其帝之子，他才允許他的請求。這篇上流人原是情節很簡單的笑劇，然而牠極合於舞台的表演，人物很滑稽，對話是可愛的機警。

莫里哀的一生，不僅是一個忙碌的劇場經理者，且也是一個繼續的被他敵人的陰謀所攻擊的人，——嫉妒的同業，憤怒的教會中人，都是他的敵人。教會中人之所以攻擊他的理由，我們不能知道，然而他們堅持的以他爲上帝之敵；即在他死後，他們還不稍減其敵意。然而向他表示好意的也未嘗無人，法王路易十四始終的愛顧他，爲他的保護人。矯僞人的表演初被禁止，後來路易十四竟將禁令取消。想像的病是他最後所寫的戲，也是他最後的演作的戲。一千六百七十三年二月的一天，他正在演想像的病的時候，忽然氣閉，抬回家後便死了。

莫里哀的劇本，影響於法國語言者甚大，法國人的日常用語之得於莫里哀的，比之任何法國的作家都多。史特拉齊 (Lytton Strachey) 說道：『在法國的文學上，莫里哀佔了與西萬提司在西班牙，但丁在意大利，莎士比亞在英國的同樣的位置。』安特留·蘭 (Andrew Lang) 說道：『在法國文學上，他的名字是最偉大的名字，在近代戲曲上，他的名字是莎士比亞後的最偉大的名字。』

三

藍辛 (Jean Racine) 的戲曲在今日還在法國劇場上表演着，論者都以他爲一個超越的法國作家。他生於一千六百三十九年。他的家庭是約辛派的教徒 (Jansenists) 約辛教派與英國的淸教是一樣的。他的幼年在著名的一個僧院中受教育。他的早期專心於文學，深爲他的虔敬上帝的親屬所不悅。在他的一信裏，他說，因寫了詠馬薩林 (Mazarin) 的一首詩使他被教會逐出會外。他的第一篇戲劇 La Thébaïde 於一千六百六十四年，爲莫里哀的劇團所表演，大約莫里哀他自己也在內當一個角色。藍辛的第二篇戲劇亞歷山大帝 (Alexandre de Grand)

也爲莫里哀所表演過了二個星期，這位戲劇作家却把他的這篇劇本給了一個反對莫里哀的劇團去表演，顯然的，他是與莫里哀不和了。此後十年中，藍辛繼續寫了不少的劇本。其中最著名的是安特洛馬丘(Andromague)，菲特(Phédre)及阿薩里(Athalie)三劇。

藍　辛

一千六百七十三年，他被舉入法蘭西學院中。菲特產生於一千六百七十七年，雖然藍辛此後還活了二十年，然在實際上，這篇劇本却是他的最後的劇本，以後便擱筆不再寫了。他悔恨以前的生活，便與一女子結婚，安心的生活於一個安靜的家庭中，以路易十四所給與年俸自給。他死於一千六百九十九年四月十二日。

菲特是藍辛的所有劇本中的最著名的。每個法蘭西有天才的女伶，都想終於能一飾菲特的一角，正如英國的每一個有天才的男伶，都欲一飾莎士比亞的韓姆雷特（Hamlet）一角。這是一篇悲劇，依據於希臘故事而有許多變異；是一篇動人的恐怖、神祕、而妒忌的戲曲，表達出些希臘人的教條，所謂人在運命的手中是無助的。他的較此劇早出的的一篇劇本安特洛馬丘，表現出藍辛之能以最少數的人物與事實而顯出戲曲的動人力的威權來。這篇戲中只有四個人物，二男二女。安特洛馬丘是赫克托（Hector）的寡婦，年紀甚輕，她在世上只有二事是熱切的想念着，卽她的幼年的兒子阿史他那（Astyanas）及她已死的丈夫。她與阿史他那都爲特洛伊（Troy）的攻陷者辟爾好士（Pyrrhus）所擄。辟爾好士是一個一往直前的，勇俠的，但有點野蠻的王子，他雖然已與海美安（Henmione）定婚，却不顧一切而戀愛着安特洛馬丘．海美安是一個美麗的雌虎，全心只愛着辟爾好士；而還有一位名奧萊司特（Oreste）的男子，一個憂鬱而有些弱病的人，却以求得海美安的愛爲一生的目的．這些便是這篇悲劇的元素，正如一堆火藥一樣，只待有一星火花落在上面便要炸發．這一星火花的燃起，乃在辟爾好士向安特洛馬丘說道，如果她不嫁他他便要殺了她的兒子之時．安特洛馬丘答應了，但却決心祕密的在結婚後立卽自殺，如此她一面救了她的兒子，一面又保存了她始終爲的赫克托的妻子的榮光．海美安爲了此事，妒嫉得灼燃着忿火而宣言道，如果奧萊司特答應她一個條件，她便與他同走——這個條件卽殺了辟爾好士．奧萊司特不顧一切的名譽與友誼答應了；他殺了辟爾好士，回到她那里求踐諾．此下乃是藍辛一生所寫的劇中最激動的一幕了．海美安知辟爾好士已死，悔懼且怒，反數落奧萊司特的罪一頓，便跑去自殺，這里閉幕時，只賸了奧萊司特一人在舞台上．

藍辛的性情正與莫里哀相反．他是嫉妒，傲慢，而且易怒，沒有樂受人批評的度量．

四

拉芳登 (Jean de la Fontaine) 是一個著名的寓言作家，生於一千六百二十一年．他在本鄉大學裏受教育初欲爲教士，後來覺得與性情不合，便改而學法律．一千六百四十七年，他與一個年才十六歲的女子結婚，這女子帶了二萬的里弗 (Livre，法國古幣名) 的嫁妝來．然在精神上，這個結婚却並不快活．拉芳登夫人讀了小說過多，對於家務都疏忽不管，隔了十年之後，他們便離開了．

拉芳登

拉芳登之開始著作，在他過了三十

歲之後，在那時，他並沒有發見他自己是一個寓言作家，他逐着時代的風氣，寫着短詩與歌，求幾個東道主，他能諛媚的『供獻』(dedicate)他的詩，而以保護他，給他以經濟的助力爲酬勞。

拉芳登的寓言的動人，在於美而真樸，包含詩意，而又包含深邃的哲理。他把動物人格化了。而又不失那些動物的真性；他能捉住各種動物的特異之點，各還牠一個真，所以我們讀他的的寓言，覺得所寫的驢，就是活的驢，所寫的狼或兔或狐，就是活的狼，兔，狐。而他在這些動物的言動裏，却裝放以人世最深切的哲理。所以有人說，拉芳登的動物是帶着人的心的真實動物。下面舉他的寓言一則，可由此窺見他的可愛的文字的一斑：

二驢

二驢各負一物於背，

一驢負的是雀麥；一驢負的是稅銀。

負銀的驢以他所負之物爲光榮，
驕傲的向前走去；
由他的叮噹的鈴聲中，
可知他非常喜歡他所負的東西。
但在一個野樹叢生的山谷中，
有一羣的強盜，
向這二驢衝來．
他們看見銀子非常喜歡，
便把那隻傲貴的負銀的驢子的轡頭捉住。
可憐的驢子呀！他掙扎着反抗他的殘暴的敵人，
他被刀所刺而跌倒了，他痛苦的嘆氣，
他叫道，『這就是他們所許我的運命嗎？

我的卑謙的朋友並不受禍，
而我卻滾跌於我的血中而要死去。」
他的同伴的驢答道：「我的朋友，
一個人的工作太高是不好的。
如果你如我似的爲一個磨麥人的奴隸，
你便不會如此死去了。」

拉芳登把樸質的寓言發展成一個小小的人間故事，使他們不僅成爲一種動物的故事，而他的同時代作家辟拉爾特(Charles Perrault)却因引進神仙的分子，而更使牠普遍流行。辟拉爾特搜集了許多流行的民間故事，而以他自己的活潑明快的風格重述出來：他的最著的故事有小紅冠(Little Red Riding-hood)，睡美人，青鬚，着靴的貓，美人與獸，辛特里拉(Cinderella)等，這些故事都是現在無人不知無人不讀的，已成了世界的神仙故事。辟拉爾特本不看重他的這些故事，他以他的別的作品爲更重要。然而那些作品却早已被人忘了，只賸下這些民間故事還被無量數的成人兒童所讀誦。

鮑哇洛（Boileau）是屬於路易十四時代後半期的一個作家。批評者以爲他是把文學從天上帶到地上來，從貴族那里帶到平民那里來的。他的銳利的諷刺與絕頂的機警，都爲論者所讚頌，有時，他們且稱之爲『近代的賀拉士』（Horace）。他的名著爲"Lutrin"，曾被英國大詩人蒲伯（Pope）所讚許，所模擬。

賽文夫人（Madame de Sevigne）也是這個時代的一個很著名的人物，她寫了許多的尺牘，在那里表現出路易十四的時代，正如依弗林的日記之表現出英國查利第二的時代一樣。在文學上，這些尺牘也是很有價值的。到了現在，許多國的學校裏還都取來當作法文課本。

白里耶（La Bruyère）是一個道德家，悲觀主義者，他留下一幅王宮侍臣的諷刺圖畫，結我們，那些侍臣把臉向着國王，却把背向着上帝了。

法奈龍(Fénelon)亦為當時的一個大作家,他的"Telemaque"曾被譯為德文而受全德國人的歡迎.又有給男人的信及給女人的信也是動人的名著.

洛極法卡(La Rochefoucauld)是著名的格言集(Maximes)的作者,一個貴族.他與當時別的作家都不同,冷酷而切實,底下引他的格言數則,可見他的特質,及他的時代的特質,那時是美麗而光榮,却已為大革命的恐怖的預備:

最簡樸的人而具熱情,比之最辯給的人而無熱情的,更為感動人.

哲學很容易的戰勝過去與未來的罪惡,但現在的罪惡卻很容易的戰勝哲學.

老年的人喜歡給好的勸告,因欲安慰他們自己以己不會長久的站在一個給壞榜樣的地位了.

我們常常要對我們最好的動作自羞,如果世界證明了我們做這些好動作的動機.

沒有人是如他們所想像的那樣幸福或不幸.

參考書目

一.法國文學短史(Short History of French Literature)桑次葆萊教授(Professor Saintsbury)

著，牛津大學出版部出版。

二莫里哀的戲曲集有瓦爾(C. H. Wall)的英譯本共三冊，在倍爾公司出版的彭氏叢書(Bohn's Librayr)中。

三藍辛的戲曲集，有波士惠爾(R. Bruce Boswell)的英譯本共二冊，亦在彭氏叢書中。

四拉芳登的寓言(Fables)，有萊特(E. Wright)的英譯本，亦在彭氏叢書中。

五法奈龍(Fenelon)的給男人的信(Spiritual Letters to Men)及給女人的信(Spiritual Letters to Women)都有英譯本，為朗門公司(Longmans)所出版。

六柏斯哥爾(Pascal)的雜思(Thoughts)有約蘭(C. S. Jerram)的英譯本(Methuen出版)。

第二十三章　中國小說的第二期

第二十三章　中國小說的第二期

一

這一期是中國小說史中最光耀的時期；有無數的至今尙傳誦於民間的通俗小說是產生於這個時期的，有許多重要的不朽的名著是產生於這個時期的；前期所敍的水滸傳也是在這個時期才完成而爲一部不朽的書。齊天大聖，岳飛，楊六郎，薛剛，狄靑，秦瓊諸人的姓名，都在這個時期輸到了民間，成了他們最崇拜的英雄。短篇的評話，如今古奇觀一類的東西，在這時期內也放射出莫爲之前，莫爲之後的光彩來。這個時期約包括了三個世紀，卽自十五世紀起，（明建文帝時）至十七世紀（淸康熙後半）止。

像五代史平話一類的「講史」，是這個時期內最流行的小說體裁。差不多自開闢至兩宋的史蹟，都有講述。開闢演義爲周游作，敍盤古開天闢地至周初的事爲止。東周列國志則敍周室東遷至秦滅六國的事。又有前漢演義，後漢演義以置於三國演義之前，西晉演義（亦名後三國演義）東晉演義以繼於三國演義之後。與隋唐志傳並行於世者，亦有說唐前

韓信　前漢演義中之英雄。（上官周作）

傳，說唐後傳繼之者，又有五代殘唐及飛龍傳等。五代殘唐中之英雄爲李克用及其嗣子李存孝；飛龍傳有二種，一種較近於史實，一種則敍趙匡胤三打韓通諸事。大約這些演義都是民間所認爲最流行的歷史教科書的。所有民間的歷史常識差不多都是由這種書中得到的。但這種小說的作者，文筆都極鈍笨而乾枯，又無精切的描寫能力，敍事又都依附於史蹟（有的則逞空想以創造種種的英雄，）異常的草率，比之三國志倘遠爲不及，所以沒有什麼可詳敍的價值。

還有一類可算得是上面敍的歷史小說的旁支，就是以一個英雄爲敍述的中心的講史；如精忠

岳飛　岳傳之主人翁（上官周作）

全傳（吉水鄒元標編次），敍宋南渡時岳飛的始末；英烈傳（一名雲合奇縱），敍明開國時諸功臣事，特別表揚郭英之戰功；征東征西全傳，敍薛仁貴薛丁山薛剛諸人的功績；楊家將，敍楊業楊延昭（六郎）楊宗保諸人的事蹟；五虎平西平南傳，敍狄青蕩平諸國事；在民間都有極大的勢力與影響，至今還有無數的人執着這些書讀，爲這些英雄們憂喜，舞臺上也極常的表演他們的故事。這些小說，大半的敍述都是虛幻的，不根據於歷史的。但前後的事實，以一人爲中心，較之東周列國諸講史之人物過多，敍述散漫者，實更足動人。可惜他們的敍寫太幼稚了，不能成爲第一流

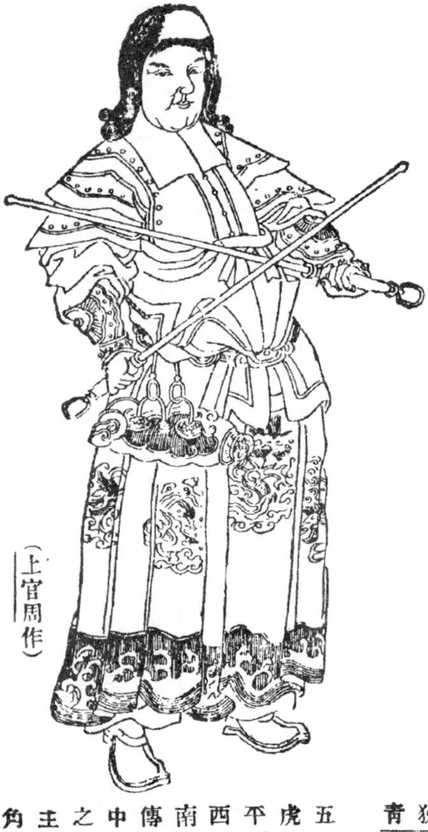

狄青　五虎平西南傳中之主角。

的歷史小說.

隋煬豔史約產生於十六世紀,敘隋煬帝的始末;採用大業拾遺記,開河記,迷樓記,海山記以及諸史書,幾乎無一句無來歷.褚人穫在一千六百七十五年增訂隋唐志傳,前十餘回卽完全採用豔史之文.全書共四十回,結構殊爲完密,在許多講史中,這可算是較好的一部.

又有檮杌閒評,不知作者姓名,敘魏忠賢及客氏之罪惡,而緯以因果報應之說;女仙外史呂

隋煬豔史之一幕:楊素擁立了煬帝.權威日重.某日同在宮苑釣魚.素神采俊逸.煬帝甚畏忌之.(原圖見明刊本隋煬豔史)

熊作,敍青州,唐賽兒之亂,亦雜以怪誕妖異之言.他們的敍寫雖較一般講史進步,然實無什麼可觀的,在民間也沒有什麼影響與勢力.

三

歷史小說是不容易作得好的;太服從於歷史的敍述,則必會如東周列國,兩晉演義之無甚活潑的小說的趣味,離開史實太遠了,則必會如楊家將,薛家將之以謊誕無依據見識,兼之,又無偉大的作家去運用這些材料,

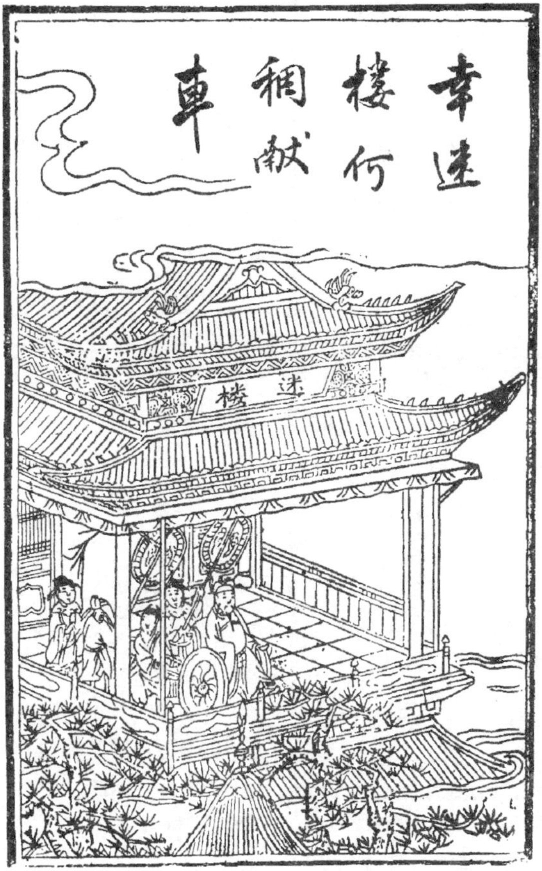

『迷樓』 隋煬帝大起宮殿.建迷樓.入者往往不得出.(原圖見明刊本隋煬豔史)

所以在這一個時期，講史雖最發達，卻沒有什麼很好的作品；其在文學上有不朽的價值者，乃爲西遊記與金瓶梅。

西遊記流行於今者爲吳承恩著之百回本。相傳此書爲元長春真人邱處機作，實則長春真人西遊記，乃李志常所記，敍處機西行的經歷，完全與現在之西遊記小說無關。在吳本西遊記之前，三藏取經詩話之後，尙有一種四十一回本之西遊記傳爲齊雲楊致和編。我們在三藏取經詩話裏，知道他所敍的與吳本的西遊記相差得如何的遠。在楊致和的西遊記傳，我們卻看出他所敍的與吳本已差不多完全相同了。不過楊致和的故事只有二薄本，吳承恩卻把牠放大成了十倍以上。我們拿這兩本西遊記來對讀了一下，立刻可以看出吳本敍寫的技術是如何的進步。在楊致和的西遊記傳第六回真君收捉猴王裏，有一段敍二郎神與孫悟空決鬬，各相變化的事：

「二人各變身長萬丈，戰入雲端，離卻洞口。康，張，姚，李等傳令草頭軍縱放鷹犬，搭弩張弓，殺入洞去，衆猴趕得逃竄無路．大聖正在鬭戰，忽見本山衆猴驚散，抽身走轉．眞君大步趕上，急走急趕．大聖慌了，搖身一變，鑽入水中．眞君道：「這猴入水，必變魚蝦，待我變作水獺逐他．」大聖見眞君趕來，又變一鴇鳥，飛在樹上．眞君拽起弓，一彈打落草坡，遍尋不見．回轉天王營中云及猴王敗陣等事，今趕不見蹤跡．李天王把照妖鏡一照，急云：「那妖猴在你灌江口去了．」

下面是吳承恩敍寫的同上的一段故事：（西遊記第六回）

他兩個鬭經三百餘合，不分勝負．那眞君抖擻神威，搖身一變，變得身高萬丈，兩隻手舉着三尖利刃神鋒，好便似華山頂上之峯，青臉獠牙，朱紅頭髮，惡狠狠望着大聖頭就砍．這大聖也使神通，變得與二郎身軀一樣，嘴臉一般，舉一條如意金箍棒，卻就似崑崙頂上擎天之柱，抵住二郎神．諕得那馬流元帥，戰兢兢搖不得旌旗，崩芭二將，虛怯怯使不得刀劍．這陣上康，張，姚，李，郭申，直健，傳號令，撒放草頭神，向他那水簾洞外，縱着鷹犬，踏弩張弓，一齊掩殺．可憐那些猴拋戈棄甲，撇劍丟鎗，跑的跑，喊的喊，上山的上山，歸洞的歸洞．大聖忽見本營中羣猴驚散，自覺心慌，收了法象，掣棒抽身就走．眞君趕上道：「那裏走！趁早歸降，饒你性命！」大聖不戀戰，只得跑起，將近洞口，正撞着康，張，姚，李四太尉，郭申，直健二將軍，一齊擋住道：「潑猴那裏走」大聖慌了手脚，就把金箍棒捏做繡花針，藏在耳內，搖身一變，變作個麻雀兒，飛在樹梢頭釘住。那六兄弟慌慌張張，前後尋覓不見，一齊吆喝道：「走了這猴精也走了這猴精也！」正嚷處，眞君到了，問兄弟們趕到那裏不見的。衆神道：「纔在這裏圍住，就不見了。」二郎圓睜鳳目觀看，見大聖變了麻雀兒釘在樹上，就收了法象，撇了神鋒，卸下彈弓，搖身一變，變作個餓鷹兒，抖開翅飛將去撲打。大聖見了，颼的一翅，飛起去，變作一隻大鶿老，冲天而去。二郎見了，急抖翎毛，搖身一變，變作一隻大海鶴，鑽上雲霄來嗛。大聖又將身按下入澗中，變作一個魚兒，淬入水內。二郎趕至澗邊，不見蹤跡，心中暗想道：「這猴猻必然下水去也，定變作魚蝦之類，等我再變來拿他。」果一變，變作個魚鷹兒，飄蕩在下溜頭波面上，等待片時。那大

孫行者與紅孩兒的戰爭。是西遊記最活躍的一段。

聖變魚兒，順水正游，忽見一隻飛禽，似青莊毛片不清，似鷺鷥頂上無纓，似老鶴腿又不紅，「想是二郎變化等我哩」急轉頭打個花就走。二郎看見道：「打花的魚兒，似鯉魚尾巴不紅，似鱖魚花鱗不見，似黑魚頭上無星，似魴魚頭上無針。他怎麼見了我就回去了，必然是那猴變的！」趕上來刷的啄一嘴，那大聖就攛出水中，一變變作一條水蛇，游近岸，鑽入草中。二郎因嗛他不着，忽聽水響，見一條水蛇攛出去，認得是大聖，急轉身又變做一隻朱繡頂的灰鶴，伸着一個長嘴與一把尖頭鐵鉗子相似，逕來喫這水蛇。水蛇跳一跳，又變做一隻花鴇，木木樗樗的立在蓼汀之上。二郎見他變得低賤，花鴇乃鳥中至賤至淫之物，不拘鸞鳳鷹鴉，都與交羣，故此不去攏傍，卽現原身，走將去，取過彈弓，拽滿一彈子，把他打個躘踵。那大聖趁着機會，滾下山崖，伏在那裏，又變變做一座土地廟兒，大張着口，似個廟門，牙齒變做門扇，舌頭變做菩薩，眼睛變做窗櫺，只有尾巴不好收拾，豎在後面，變做一根旗竿。眞君趕到崖下，不見打倒的鴇鳥，只有一間小廟，急睜眼細看，見旗竿立在後面，笑道：「是這猴猻了，那今又在那裏哄我。我也曾見廟宇，更不曾見一個旗竿豎在後面的，斷定這畜生弄鬼。他若哄我進去，他便一口咬住，我怎肯進去。等我掣拳先搗窗櫺，後踢門扇。」大聖聽得心驚道：「好狠，好狠！門扇是我牙齒，窗櫺是我眼睛，若打了牙，搗了眼，却怎麽是好！」撲的一個虎跳，又冒在空中不見。眞君前前後後亂趕，只見四太尉二將軍一齊擁至道：「兄長拿住大聖了麽？」眞君笑道：「那猴兒纔自變做廟宇哄我。我正要搗他窗櫺，踢他門扇，他就縱一縱又渺無蹤跡。可怪可怪！」衆皆愕然四望，更無形影。眞君道：「兄弟們在此看守巡邏，等我上去尋他。」急縱身起在半空，見那李天王高擎照妖鏡，與哪吒住立雲端。眞君道：「天王曾見那猴王麽？」天王道：「不曾上來。我這裏照着他哩。」眞君把那賭變化，弄神通，拿羣猴一事說畢，却道：「他變廟宇，正打時就走了。」李天王聞言，又把照妖鏡四方一照，呵呵的笑道：「眞君快去快去！那猴使了個隱身法，走出營圍，往你那灌江口去也！」

在這兩段裏，我們立刻可以不加思索的，知道吳承恩所寫的較楊致和所寫的，無論在質上在量上，都進步了不少。量是多了十倍，質的進步也不下於此。楊致和寫這一段最熱鬧的事，本不怎麽動人，給吳承恩一寫，卻頓變爲有聲有色，最有趣的一段了。在別的地方也無不可看出這種顯然的進步的痕跡來，這不過舉其一例而已。

與楊致和的西遊記傳同時出現，而被人合稱爲四遊記的，尙有東遊記，南遊記及北遊記．東遊記一名上洞八仙傳，共二卷五十六回，爲蘭江吳元泰著，敘李玄，鍾離權，呂洞賓，張果，藍采和等八仙得道之由，又敘到呂洞賓幫助遼蕭后以與宋楊家將相抵抗，及八仙與四海龍王及天兵交戰，因觀音講和而和好如初諸事．南遊記亦名五顯靈光大帝華光天王傳，共四卷十八回，余

孫行者與猪八戒因在五莊觀偷吃人參果，被鎭元仙所捕，屢次逃走不脫．後來他請了觀音來醫活了人參果的樹，他們才得復上西行之路．

象斗編，敍華光之始末，事蹟至爲變幻，自始至終，都在反抗的鬬爭中，有些似西遊記的開始數回。最後，華光到地獄去尋母親；因偸桃醫母之食人癖，致與齊天大聖相鬬，被大聖女月孛所擊，將死。火炎王光佛出而講和，華光始得逃死，終歸依於佛道。北遊記一名北方眞武玄天上帝出身志傳，凡四卷二十四回，亦余象斗編，敍玉王大帝忽因貪念而以其三魂之一，下凡爲劉氏子。後歷數刼，掃蕩諸魔，復歸天爲眞武大帝。這四部書的故事都極變幻可愛，但文筆卻都笨拙無活趣。西遊記之名所以獨最著者，乃完全因吳承恩之有力的潤飾。

吳承恩字汝忠，號射陽山人，嘉靖中歲貢生，官長興縣丞。著有射陽存稿及西遊記（約一五一〇——一五八〇）。他善諧劇，以著作雜記，（西遊記即其一）名震一時。他的集子今不得見，明詩綜中有他的詩數首。他的西遊記，前後的次第，大體與楊致和的相同，然敍寫卻大改觀。楊本只是一個故事的骨架，吳承恩却給牠以豐美的肌膚與活潑的靈魂了。南遊記及北遊記中的故事，也被採入數段。西遊記中的鐵扇公主，卽曾見於南遊記中者。全書共一百回，前七回爲孫悟空鬧天宮的始末，自第八回以後爲唐三藏的出現，爲唐太宗魂遊地府；後請三藏去求經。他於途中收了悟空悟能（八戒）悟淨，經歷了八十一難而卒得取了經回來，成了正果。作者的滑稽的口吻，時時可以在書中各處發現。他的想像力也異常的豐富；八十一難是很容易寫得重覆的，他却寫得一難有一難的不同的經歷，決不使讀者有重覆之感。所寫的人物也極活潑眞切，三藏，悟空，八戒，沙僧都各有各的性格，口吻，舉動。甚至連每個怪，每個魔，也各有各的性格，各包含着極眞摯的人性。無論取了其中的那一段來，都可成爲一篇很好的童話。自此書出，曾有不少人爲之作解釋，如悟一子，悟元眞人，張書紳諸人之眞詮，原旨，正旨等，或以爲這書是講道的，或以爲他是談禪的，或以爲他是勸學的，一句句的加解釋，一節節的加剖白，使完整的文藝作品成爲支解的佛經，道書，或大學中庸，使如無瑕的瑩玉似的巨著，竟蒙上了三寸厚的塵土，不能見其眞的文藝價值。我們要見西遊記的眞面目，便非對於這一切的謬解都掃除了，廓淸了不可。

吳本西遊記在當時大爲流行，於是續作紛起。有後西遊記，凡四十卷，未知作者，署天花才子評點。中敍花果山於產生孫悟空後，又於某年產生一石猴，稱爲小聖。當唐憲宗時護了唐半偈到西天去求真解，中途又收了猪八戒之子一戒及沙僧之徒沙彌。一路上經了不少的困難，終於到了西天，得到真解而回。作者設想擬倣前西遊，連主要人物亦相似，自然不容易寫得好。所以處處都有做作生强的樣子，沒有前西遊之流麗活潑。又有西遊補，凡十六回，爲董說作。說字若雨，烏程人，生於萬曆庚申（一六二〇年）明亡後，削髮爲僧，號南潛。西遊補卽接原書「三調芭蕉扇」之後，寫孫悟空化齋，爲鯖魚精所迷，入了夢境，欲尋秦始皇借驅山驛驅前途各山，經歷了許多過去未來之事，得虛空主人一呼，始離夢境。說的文字極爲詭幻，驅使許多歷史上的名人放入書中，詼諧戲弄，信筆所之，較之一般被拘束於原書之擬作者，自然高出萬倍。但因爲書氣太重，非儒者不能覺得有趣，所以難得流行於民間.

出現於西遊記之後，而亦以寫奇幻之神仙異蹟見稱者，有封神傳及三寶太監西洋記演義.封神傳凡一百回，未知作者.本爲敘武王克殷的一段史實，却雜入了無數的神魔仙佛，已不能算是歷史小說了.中敘商紂暴虐，狐狸化身妲己以迷

「碧峯長老獻西洋圖」

三寶太監下西洋，是中國歷史上一件大事。有西洋記小說記其事，而雜以神

惑他用了種種酷刑以殺忠良。於是姜子牙奉師命下山輔助周武王滅殷。却有許多截教魔怪出來幫助殷紂。於是闡教諸仙助子牙以敵截教諸魔。終於截教大敗，紂王自焚，武王入殷都，大封功臣。子牙亦設壇大封應刦而死的諸仙諸魔，故謂之封神傳。作者的敍寫手腕，較遜於西遊的作者，故沒有什麼活潑有趣的描寫。其足

異變幻之戰爭。記中謂永樂之遺三寶太監，乃由于碧峯長老之獻西洋圖。（原圖見明刊本西洋記）。

以使讀者移情者，僅其事實之變幻無窮而已。其中也有好些大膽的故事，如楊任反殷，哪吒敵父，在視「忠」「孝」為天經地義的中國，卻是不易見到的。

三寶太監西洋記演義亦有一百回，分二十卷，是二南里人羅懋登於萬歷丁酉（一五九七年）編成的。中敘明永樂時，太監鄭和等造大舶，服外夷三十九國，咸使朝貢事。鄭和，雲南人，即世所

哪吒與他父親李靖爭鬥的故事，是《封神傳》中最好的一節。

稱三保太監．前後凡七奉使，世俗盛稱其功．故作者因而緣飾，雜以無數的謊誕怪異之言，成了這部西洋記．那裏面差不多每頁都有鬼怪出現，也不能算是歷史的小說了．作者又喜謅弄筆墨，殊着意於文章上的整煉，如：

『却說王神姑帶了這一掛數珠兒，那珠兒卽時間就長得有斗來大，把個王神姑壓到在地上，七孔流血，滿口叫道：「天師，你來救我也！」天師起頭看來，那裏有個深澗，那里有個淤泥，明明白白在草坡之中．原來先前的高山大海，兩次深澗，樵夫，籐葛，龍蛇蜂鼠，俱是王神姑撮弄來的．今番却被佛爺爺的寶貝拿住了．天師的心裏才明白，懊恨一個不了．怎麼一個懊恨不了？「早知道這個寶貝有這等的妙用，不枉受了他一日的悶氣．」王神姑又叫道：「天師，你來救我也！」天師道「我救你我還不得工夫哩．我欲待殺了你，可惜死無對證，我欲待綑起你，怎奈手無繩索．我欲待先報中軍，又怕你掙挫去了．」』

（第四十回）

即是一例，卻還有比這個更利害的弄筆舞文的地方．因此，頗失了些自然的情趣．

四

金瓶梅與水滸傳及西遊記並被當時稱爲三大奇書.袁宏道見數卷,卽大讚許.萬曆庚戌(一六一〇年)始有刻本,計一百回.其中五十三回至五十七回原闕,刻時所補.此書未知作者,沈德符說是嘉靖間大名士所作,世因擬爲王世貞作.相傳,世貞作此書以獻於其仇人嚴世蕃,漬毒液於書頁.世蕃以口涎潤手翻頁,於是毒液入口而死;又傳,世貞所毒者非世蕃,乃陷其父之唐順之.所以清初張竹坡

俏潘娘簾下勾情

這是潘金蓮與西門慶的第一次相見。(從明刊本金瓶梅)

評刻此書，乃有苦孝說列於卷首。實則此種傳說，皆爲無稽的讕言。此書敘寫家庭瑣事，婦人性格以及人情世態，莫不刻劃至肖。其成功尤在婦人的描寫。中國小說如水滸傳諸作，描寫婦女俱不着意，此書則與水滸截然不同。如潘金蓮，在水滸爲一個不重要的角色，爲一個草率的寫着，與楊雄妻無大異的婦人，在此書則成爲一個女主人翁，一舉一動，一言一語，無不曲曲的傳出她的個性。如月娘，如李瓶兒，如孟玉樓，如春梅，秋菊等等也都各有其極鮮明的個性，活潑潑的現在紙上。此書在世爲禁書，以其處處可遇見淫穢的描寫。這也許是明人一時的風氣。如刪去了這些違禁的地方，卻仍不失爲一

西門慶家最旺盛的時代，是放煙火，賞花燈之時。（見金瓶梅四十三回）

部好書；牠的敘寫橫恣深刻，西遊恐怕還比不上，不要說別的了。因違禁而被埋封在屋角，殊爲可惜！

書名金瓶梅，蓋以潘金蓮，李瓶兒及春梅三個主要的女主人翁的名字拚合起來而成。水滸傳中曾敘及武松嫂潘金蓮與西門慶姦，酖殺了武大郎。後來武松爲兄報仇，殺了西門慶及金蓮。在本書裏，則以此爲線索，敘西門慶在淸河縣與幫閒游情之人應伯爵，謝希大，花子虛等結爲兄弟。一天，偶見武大妻潘金蓮，即設計與之通好，又酖殺武大，娶了金蓮爲妾。後武松來報仇，誤殺了他人，刺配孟州。於是西門慶益發放恣。家有數妾，尙到處引誘婦人。又納了李瓶兒爲妾，通婢女春梅，得了兩三場橫財。家道榮盛。不久，李瓶兒生子，他又因賂蔡京得了金吾衞副千戶，於是氣象益與前不同。後來瓶兒所生的兒子驚風死了，瓶兒不久也死。西門慶自己又於某夜以淫慾過度暴卒。於是他的家漸漸衰落。金蓮出居王婆家中。武松遇赦歸，竟殺了她。春梅被賣爲周守備妾。後來金兵南下，各處大亂。慶妻吳月娘帶了遺腹子孝哥，出奔濟南。至永福寺，夢見西門慶一生因果，知孝哥卽西門慶託生，因使孝哥出家爲和尙，以修後緣。水滸傳裏一二回的文字，在本書却放大到如此的百回，然並不覺得其有什麽拖搨拉長的痕跡。現在舉二例如下，可以見出作者的描寫能力：

敬濟喝畢，金蓮纔待叫春梅斟酒與他，忽有吳月娘從後邊來，見嬭子如意兒抱着官哥兒在房門首石臺基上坐，便說道：「孩子纔好些，你這狗肉又抱他在風裏。還不抱進去！」金蓮問：「是誰說話？」繡春回道：「大娘來了。」敬濟慌的拿鑰匙往外走不迭。衆人都下來迎接月娘。月娘便問：「陳姐夫在這里做什麽來？」金蓮道：「李大姐整治些菜，請俺娘坐坐。陳姐夫尋衣服，叫他進來喫一盃。姐姐，你請坐。好甜酒兒你喫一盃。」月娘道：「我不喫。後邊他大妗子和楊姑娘要家去，我又記掛着你孩子，逕來看看。李大姐，你也不管，又教嬭子抱他在風裏坐的。前日劉婆子說他是驚寒，你還不好生看他！」李瓶兒道：「俺陪着姥姥喫酒，誰知賊臭肉三不知，抱他出去了。」月娘坐了半歇，回後邊去了。一回，使小玉來請姥姥和五娘，六娘後邊坐。那潘金蓮和李瓶兒勻了臉，同潘姥姥往後來陪大妗子，楊姑娘喫酒

(三十三回)

西門慶剛遶壞坫香下來，被左右就請到松鶴軒閣兒裏地鋪錦毯，爐焚獸炭，那裏坐去了。不一時，應伯爵，謝希大來到唱畢喏，每人封了一星折茶銀子，說道：「實告要送些茶兒來，路遠，這些微意，權爲一茶之需」西門慶也不接，說道：「奈煩，自恁請你來陪我坐坐，又幹這營生做什麽！吳親家這裏點茶，我一總都有了」應伯爵連忙又唱喏，說：「哥眞個俺每還收了罷」因望着謝希大說道：「都是你幹這營生！我說哥不受，拿出來倒惹他訕兩句好的」良久，吳大舅，花子虛都到了，每人兩盒細茶食來點茶。西門慶都令吳道官收了。喫畢茶，一同擺齋鹹食齋饌點心湯飯，甚是豐潔。西門慶同喫了早齋。原來吳道官叫了個說善的，說西漢評話鴻門會。(三十九回)

論者謂金瓶梅中人物亦有所指，如沈德符所謂：「蔡京父子則指分宜（嚴嵩），林靈素則指陶仲文，朱勔則指陸炳，其他亦各有所屬」但我們對於這種捕風捉影的索隱，儘可以完全打翻，不必去注意他們。相傳作者又曾作了金瓶梅的續編，名玉嬌李，但今已不傳。今所傳之續金瓶梅爲丁耀亢所作。耀亢字西生，號野鶴，山東諸城人，爲明諸生．清初入京，充鑲白旗教習．後爲容城教諭．年七十二卒（約一六二〇——一六九二）．所著有詩集十餘卷傳奇四種及續金瓶梅．續金瓶梅凡六十四回，本題紫陽道人編，但書中屢引丁野鶴詩文，卷首有太上感應篇陰陽無字解，署「魯諸邑丁耀亢參解」，本書第六十二回，又言丁野鶴自稱紫陽道人，可知此書實爲他所作．中敍金瓶梅裏諸人各復投身人世．西門慶出世爲沈金哥，李瓶兒爲銀瓶，潘金蓮爲黎金桂，春梅爲孔梅玉，各了前世之因果報應．全書以感應篇爲說，每回都有引子，敍勸善戒淫惡

李師師官配馬頭軍（原圖見清初刊本續金瓶梅）

續金瓶梅敍金師南下及李師師事甚爲活躍。

之說，卻又如金瓶梅一般，也雜之以淫穢之描寫，故後來亦爲禁書。文筆較金瓶梅爲瑣屑，卻亦頗放恣較高於他種『續書』之慨慨無生氣者。其中敍金人南下的行動，與漢人受苦之狀，頗似作者正在描寫他自己親身的經歷，卻甚足以動人。今摘錄其一段於下：

卻說那吳月娘和小玉緊緊攙扶，玳安背着孝哥，一路往人叢裏亂走。忽然金兵到來，把拐子馬放開一衝。那些逃難百姓，如山崩海湧相似，那裏顧的誰。玳安回頭，不知月娘和小玉擠的那里去了。叫又叫不應，只得背着孝哥往空地裏飛跑。且喜金兵搶進城去，不來追趕。這些人拖男領女，直跑到十里以外，各自尋處藏躲。這些土賊們也有奪人包袱的，也有報仇相殺的，生死在眼前，還不改了貪心狠毒，如何不殺！可憐這玳安又乏又怕，忽望見應伯爵臉上着了一刀，帶着血往西正跑。他家小黑女，挾着個包袱，跟着應二老婆一路走。玳安也是急了，叫聲：「應二叔，等等咱一路走！你沒見俺大娘？」應伯爵回回頭，那裏肯應。玳安趕上道：「咱且慢走。金兵進了城，放搶去了。咱商議着那裏去？」伯爵騙的人家銀錢，做了生意，都㩦了腰裏帶了些行李，都被人要去了。還指望玳安替月娘有帶的金珠首飾就立住了脚和玳安一路商議往那裏去躲。伯爵道：「西南上黃家村，是黃四家，緊靠着河厓，都是蘆葦，那裏還認的人，且躲一宿。」依着玳安，還要找月娘，又不知往那里去好。沒奈何跟着走罷。把孝哥放下，拖着慢走。這孩子又不見了娘，又是饑餓，一路啼哭。應二老婆看不上，有帶的乾餅和炒麵，給了孝哥喫些。這孩子到了極處，也就不哭了。一口一口且喫餅，走到了黃昏時候，那黃四家走的甚麽是個人影，牀帳桌椅還是一樣，鍋裏剩了半鍋飯也沒喫了，不知躲的那裏去了。這些人餓了一日，現成傢伙，取過碗來，不論冷熱，飽飡一頓。前後院子淨淨的連狗也沒個。原來黃四做小鹽商，和張監生合夥，先知道亂信，和老婆躲在河下小船上，那里去找。這些土賊要來打刧人家，逢人就殺，年小力壯的就擄着做賊。那夜裏商議要來黃家村掃巢子。虧了應伯爵有些見識，道：「黃四躲了，這屋裏還有東西，咱多少拿着幾件，休在他家裏宿，恐有兵來沒處去躲。」且到河下看看，見這婦女們都藏在蘆柴里，沒奈何也就打了個窩鋪。到了二更天，聽見村裏吶喊，發起火來，把屋燒的通紅。這些人們誰敢去救。待不多時，這些男女們亂跑，原來賊發火燒這蘆葦，一邊擄人，又搶這人家的包裹。月黑裏亂走，誰顧的誰，到了天明，把玳安不知那裏去了。只落得個孝哥亂哭，撇在路傍。（十五回）

又有隔簾花影四十八回，乃改易續金瓶梅中人名（如以西門慶爲南宮吉，吳月娘爲楚雲娘）及回目，並删去絮說因果之語而成書，尙未完，續金瓶梅中淫穢之語却仍舊被保存着，所以亦爲禁書。

六

佳人才子的小說，在這一時期內也出現了好幾種，以玉嬌梨平山冷燕及好逑傳等爲最著。此種小說的故事，不外才子戀慕佳人中經小人之播弄，各歷苦難；終於才子得中高第，與佳人榮諧花燭，白首團圓。情節既復相同，結構也陳陳相同，敍寫更不足動人，所以這一類東西，幾使人讀之卽生厭。然玉嬌梨平山冷燕，好逑傳都有法譯本，好逑傳且更有德譯本，這些書在國外，其得名乃遠過於水滸，西遊。

玉嬌棃（一名雙美奇緣，非爲金瓶梅續編之玉嬌李，）不知作者，凡二十回，敍才子蘇友白與才女白紅玉及盧夢梨的遇合故事，中經好幾次之誤會，友白終於並得白紅玉及盧夢梨爲妻。平山冷燕也有二十回，題荻岸山人編，相傳爲清初張劭十四五歲時所作，其父執某續成。所謂平山冷燕，蓋合書中主人翁平如衡，山黛，冷絳雪，燕白頷四人之姓爲之，山黛與侍女冷絳雪俱爲才女，以詩受知於天子，嘗變裝與才子平衡如，燕白頷相唱和，爲奸人所訐陷。適平、燕二人中了會元會魁。於是天子乃作主張，以山黛嫁燕白頷冷絳雪嫁平如衡。佳人才人，天子賜婚，極一時之盛。好逑傳一名俠義風月傳，凡十八回題名教中人編，敍鐵中玉與水冰心遇合事，二人不惟有才，且還有智有勇，能以計自脫於奸人。此爲牠與前二書不同處。又有鐵花仙史題雲封山人編，凡二十六回，於才子佳人之故事中又挿入仙妖怪異之爭鬬也未見得能超越過平山冷燕諸小說。

七

在這個時期的最後，有兩部小說很可以注意，一部是後水滸傳，一部是野叟曝言。這兩部小說，都不僅爲寫故事的態度而去寫小說，卻各有一種抒寫自己心意與見解的特點。

後水滸傳凡四十回，題「古宋遺民著，雁宕山樵評」實則爲陳忱所作。忱，浙江烏程人，爲明末遺民，痛心於異族之宰制中華，所以著後水滸傳以寄其意。後傳接續於百回本水滸傳之後，敍宋江，吳用，李逵諸人死後，金人南侵，梁山泊殘餘之英雄，竭力爲中國禦外敵，奉李俊爲首領。後俊見中原事不可爲，乃率衆浮海，至暹羅國爲王，終不忘故國之思念。

野叟曝言凡百五十四回，分二十卷，以「奮武揆文，天下無雙正士，鎔經鑄史，人間第一奇書」二十字編卷。作者爲清康熙時江陰夏敬渠。敬渠字懋修，諸生。英敏積學，通經史，旁及諸子百家禮樂兵刑天文算數之學，無不淹貫。生平足跡，幾遍天下，於野叟曝言外，著有綱目舉正，全史約編及詩文集等。相傳野叟曝言成時，適値清聖祖南巡，欲裝潢進呈。諸親友以書多穢語，恐召禍，設計阻之，卒不得獻呈。敬渠終於諸生，生平經濟學問，鬱鬱不得一試，乃盡出所蓄著爲這一部小說。凡『敍事，說理，談經，論史，教孝，勸忠，運籌，決策，藝之兵詩醫算，情之喜怒哀懼，講道學，闢邪說』無所不包凡古今來之忠孝才學富貴榮華萃萃於書中英雄文白（字素臣）之一身一切小說中紀武力述神怪描春態一切文籍中談道學論醫理講歷數無不包羅於此書作者之意乃欲以文素臣爲儒教中最完備之代表；凡他所認爲好的與善的才學與行爲完全都見之於文素臣之生平有的人說文白就是作者自己（析「夏」字爲文白二字）他把自己生平所學的所欲做的欲夢想的完全寫在野叟曝言中了所以這部小說乃成了抒寫作者才情寄託作者夢想的工具但在文藝上看來這部小說却不是一部很好的小說牠的主人翁處處都是空想的行動都是不自然的做作都是强把他的學問庋載於小說中的像這樣的小說自然是不會得好的。

八

短篇小說集繼於宋人平話之後者在這個時期內也出現了不少最流行於今者爲今古奇觀但今古奇觀是一個選本在今古奇觀之前或其同時或略後平

話集之出現者，有喻世明言，警世通言，醒世恆言，醉醒石，石點頭，拍案驚奇初二刻，西湖二集，十二樓等等．

喻世明言，警世通言及醒世恆言三書俱爲馮夢龍所編．夢龍字猶龍，長洲人（一作吳縣人，或常熟人）崇禎中由貢生選授壽寧知縣．曾著七樂齋稿，智囊補，增補平妖傳，刻墨憨齋傳奇定本十種，在當時文壇上很有一部分影響．通言今已不傳，明言恆言二書亦不多見，然於今古奇觀中，卻保存「三言」之文不少．松禪老人序今古奇觀，謂合選「三言」及拍案驚奇之文而成此本．今知今古奇觀四十四中，選拍案驚奇者凡十篇（第九，十，十八，二九，三四，三六，三七，三八，三九，四〇回），其餘三十二篇俱爲「三言」之文．（第三十回一篇，未詳所本）醒世恆言凡四十回，被選於今古奇觀者凡十一篇，其餘之二十一篇乃爲通言及明言之文．在「三言」中，所敍之故事，其來源極爲複雜，有重述晉唐小說者，（如恆言中之李汧公窮途遇俠客）有選錄宋人詞話者（如恆言中十五貫戲言成大禍，卽宋人詞話中之錯斬崔寧）亦有敍寫當時之見聞者。大抵重述之文，必不能宛曲動人，敍寫近事之作，則都活潑有生氣，甚工於描狀世態人情。

自「三言」之刻，同時代之作者受其影響極深，相類之作，一時紛起。拍案驚奇凡七十五卷，載故事七十五篇，亦多重述前代奇聞軼事之作。作者爲卽空觀主人。以其多穢語，後來列爲禁書。書首

途遇（原圖見明刊本西湖二集）潘用中以善簫吹名，對樓女子黃杏春亦善于簫因此二人相慕。某個春日，二人在途中相遇，却脈脈不得語。後來二人終于成了眷屬。（西湖二集第十二回）

亦題墨憨齋鑑定。石點頭凡十四卷，載故事十四篇，爲天然癡叟作，馮夢龍曾爲之作序作評，文字亦頗生動有情致。醉醒石凡十五卷，載故事十五篇，題東魯古狂生編，所敍皆明代近事，僅第六回高才生傲世失原形一篇，爲重述唐人小說中李徵變虎之事者。西湖二集凡三十四卷，載故事三十四篇，題「武林濟川子、清原甫纂，」皆敍寫與西湖有關之古今事跡。但稱爲「二集，」似當有初集，然今不可見。

嬰寧　聊齋異志的許多故事中，寫得最動人的要算是嬰寧了。

十二樓凡十二卷，載故事十二篇，皆與「樓」名有關者，每篇各有一題，即以樓名爲題名，如合影樓，奪錦樓，三與樓，夏宜樓，歸正樓，萃雅樓，拂雲樓，十巹樓，鶴歸樓，奉先樓，生我樓及聞過樓是，事跡多奇詭可喜者，敘寫亦甚橫恣活潑。題「覺世稗官編次」，實則李漁所作。李漁字笠翁，清初人，曾作戲曲十七種，其中以十種曲爲最著名，其詩文雜箸，名爲笠翁全集者，也很流行。

自「三言」及拍案驚奇出現後，

馬介甫還是聊齋志異中最有名的一篇故事。楊萬石爲惡婦所制，賴馬介甫之救拔而始得脫身。

合之有二百事，觀覽難周，於是抱甕老人選出其中四十篇，編爲今古奇觀一書。今醒世恆言諸書，俱不甚流行，獨今古奇觀一書猶最爲世人所喜。如醉醒石諸書，乃反被書賈標爲幾續今古奇觀之名。今所見者，今古奇觀已有五續，皆無識之書賈，擅改他書之名以爲之者，甚至有收什麼筆記而亦改名幾續今古奇觀者，其誕妄可知！所傳續今古奇觀，凡三十卷，載故事三十篇，即取今古奇觀選餘之拍案驚奇初刻二十九篇爲之，

黃英
馬子才愛菊，遇菊精黃英，娶之爲妻。聊齋志異中之神奇故事，大都以人與物怪及仙鬼相交接。

再加以今古奇聞一篇（康友仁輕財重義得科名）以足三十之數。今古奇聞凡二十二卷，亦每卷載一故事，內容也很複雜，其中有醒世恆言之文四篇，西湖佳話之文一篇，（梅嶼恨蹟）其餘未知所本。最後乃載太平天國時故事一則，全爲文言之筆記，並非「詞話」體裁，顯爲後人所竄入。

所謂筆記小說，承唐人小說及宋人江淮異人傳之緒餘者，在這個時期內並不發達，僅於最後之時，有蒲松齡之聊齋志異出現，爲較著名之作。松齡字留仙，號柳泉，山東淄川人，老而不達，以諸生授徒於家，至康熙辛卯始成歲貢生，越四年卒，年八十六。（一六三〇——一七一五）所作於聊齋志異外，又有詩文集等。志異凡四百三十一篇；一部分是空想的創作，一部分是傳聞的記錄，一部分則爲重述唐宋人舊文而加以變異者。所敍不外狐仙物怪，社會奇聞，亦有寓作者之憤鬱及見解於故事中者。大抵無意義之作爲多，然如嬰寧，林四娘，香玉，黃英，馬介甫，粉蝶諸作，卻很宛曲有情致。（Giles 曾譯志異爲英文，故在國外殊爲著名，或且以此書爲中國之民間傳說集，實則大半皆作者與其友朋空想之敍錄而已。

參考書目

一、開闢演義諸書坊刻本及石印小字本極多，甚易得。

二、隋豔煬史有明刻本，有清初覆刻本石印本刪節甚多。檮杌閒評及女仙外史俱有清嘉，道時刻本。

三、四遊記有同治時刻本，有石印小字本。

四、西遊記有商務印書館鉛印本，有亞東圖書館標點本其他西遊眞詮，西遊原旨等印本俱甚夥。

五、後西遊記有同治時刻本及石印本。西遊補有清初刻本，又有石印本，在進步書局出版之說庫中。

六、封神傳有坊刻本及石印鉛印本。三寶太監西洋記有明刋本有申報館鉛印本，有商務印書館鉛印本。

七、金瓶梅雖爲禁書，然不難得，有張竹坡評刻本，有日本鉛印本。眞本金瓶梅，乃刪改原書之淫穢語而成者，有鉛印本。

八、續金瓶梅有坊刻本，然不易得，又有鉛印本，改名爲金屋夢。

九．玉嬌梨，平山冷燕，好逑傳及鐵花仙史俱有坊刻本．

十．後水滸傳有亞東圖書館標點本，有石印本．

十一．野叟曝言有申報館鉛印本．

十二．喻世明言，醒世恆言有坊刻本，今不易得見．

十三．拍案驚奇有坊刻本，曾被列於禁書，今不易得．

十四．石點頭有原刻本，有石印本（改名）．

十五．醉醒石有原刻本，有武進董氏刻本，有石印本（改名）．

十六．西湖二集有原刻本，今不易得．

十七．十二樓有石印小字本，有坊刊本．

十八．今古奇觀有商務印書館鉛印本，此外印本極多，續今古奇觀等，也俱有石印小字本．

十九．聊齋志異坊刻本至多，又有同文石印本，商務鉛印本．

二十．中國小說史略，魯迅編，北京北新書局發行，本章依據於此書之第十六篇至二十一篇的地方至多。

第二十四章　中國戲曲的第二期

第二十四章　中國戲曲的第二期

一

中國戲曲的第二期，包括傳奇的最盛時代。通常所稱爲「唐詩」「宋詞」「元曲」「明傳奇」的定評，卽可表示這個時代的傳奇的盛況。自「荆、劉、拜、殺」四大傳奇產生之後，大作家陸續的出現。在技巧方面是益有進步，在文辭方面也益見其優雅。以前的傳奇，是爲民間一般人的娛樂而作的，所以辭句務求其淺顯明白，不惟賓白是眞實的人民的對話，卽曲文也多用平常的口語，所以無論什麼人都可以懂得。如殺狗記，如劉知遠（卽白兔記）便因此大爲文人們所不滿。到了這一時期，作家的趨向卻向「優雅」的方面走去，把文辭修斲得異常的整齊，美麗，不但曲文是「擇句務求其雅，」「選字務求其麗，」卽賓白也駢四儷六，語語工整，其甚者如浣紗記，如祝髮記，乃至於通劇無一散語。當時大多數的作家俱跟隨了這個新的傾向，雖然有一部分的作家未必是如此，卻也多少總不免受有些影響。這個傾向，當然不是怎麼樣的好，然其娟秀的風格，麗雅的辭句，卻能使之在文壇上占了很久很穩固的地位。

這時期的傳奇作家，以湯顯祖爲最偉大，而鄭若庸，屠隆，梁辰魚，張鳳翼，王世貞，沈璟，陸采，徐復祚，梅鼎祚，汪延訥等也俱有盛名，最後則有阮大鋮，尤侗，李玉，李漁等作家出來。無名氏之傳奇傳於今者亦多。大約當時作家，不出南中，以江南，浙江爲最多，江西諸地次之，其他山東，河南，直隸諸地，前爲雜劇最盛之區者，傳奇作者卻俱不過一二人而已。今將這時期傳奇作家有籍貫可考者，列一表於右，並於每個作家之下同時註明他的作曲之數目；這可以使讀者更明白當時傳奇作者之地理上的分配。其作家籍貫無可考者，則不列入此表。

南直隷（江南）

- 邵　深一（一）常州
- 沈　采一（三）吳縣
- 王世貞一（一）太倉
- 梁辰魚一（一）崑山
- 鄭若庸一（三）崑山
- 沈　璟一（廿）吳江
- 陸　采二（五）長洲
- 張鳳翼二（六）長洲
- 顧大典一（四）吳江
- 陸　弼（一）江都
- 馮夢龍（四）吳縣
- 黃伯羽（一）上海

浙　江

- 王　濟（一）烏鎭
- 姚茂良一（三）武康
- 陳與郊（一）海寧
- 李日華一（一）嘉興
- 卜世臣（二）秀水
- 單　本一（二）會稽
- 屠　隆二（三）鄞縣
- 龍　膺（一）武陵
- 葉憲祖一（五）餘姚
- 戴子晉（二）永嘉
- 陳汝元一（二）會稽
- 車任遠（二）上虞

其　他

- 湯顯祖五（五）臨川
- 鄭之文（三）南城
- 馮之可（一）彭澤

以上江西

- 盧　柟（一）大名濬縣
- 張四維（二）元城

以上直隷

- 許　潮（一）靖州
- 謝廷諒（一）湖廣

以上湖廣

陸濟之	㊀	無錫
顧希雍	㊀	崑山
顧仲雍	㊀	崑山
徐復祚	㊃ 二	常熟
朱從龍	㊀	句容
楊柔勝	㊀	武進
盧鶴江	㊀	無錫
朱　鼎	㊀ 一	崑山
吳　鵬	㊀	宜興
王玉峯	㊀ 一	松江
張景嚴	㊀	溧陽
沈　祚	㊀	溧陽
黃廷俸	㊀	常熟

沈　鯨	㊃ 一	平湖
秦雷鳴	㊀	天台
謝　讜	㊀ 一	上虞
張太和	㊀	錢塘
錢直之	㊀	錢塘
章大倫	㊀	錢塘
金无垢	㊀	鄞縣
高　濂	㊁ 一	錢塘
程文修	㊁	仁和
吳世美	㊀	烏程
史　槃	㊁	會稽
祝長生	㊀	海鹽
汪　錂	㊀ 一	錢塘

邱　濬	㊃	瓊州
以上廣東		
李玉田	㊀	汀州
以上福建		
王　異	㊂	郃陽
以上陝西		
李開先	㊁	章邱
以上山東		
李雨商	㊀	河南
以上河南		

李素甫(五)吳江
吳千頃(一)長洲
蔣麟徵(一)長洲(?)
朱寄林(三)蘇州
鄒玉卿(一)長洲
王鳴九(一)吳縣
陸世廉(一)長洲
王翔千(一)太倉
程子偉(一)江都
許自昌(四)吳縣
周公魯(一)崑山
顧采屏(一)崑山
馬守眞(一)金陵
以上今江蘇

胡文煥(三)錢塘
呂　文(一)金華
陸江樓(一)杭州
王　恆(一)杭州
張從懷(一)海寧
楊　珽(一)錢塘
黃維楫(一)天台
朱　期(一)上虞
顧　瑾(一)杭州(?)
楊之炯(一)餘姚
趙於禮(一)上虞
鄒逢時(一)餘姚
謝天佑(一)杭州
吾邱瑞(一)杭州

附言：
(一)本表依據於曲錄卷四。
(二)作家籍貫無可考者本表概不列入。
(三)每個作家下面所註之陰文數字，係表示其作劇之數目。旁有方體數字者，係註其劇本被收入六十種曲中之數目。
(四)蔣麟徵或言其爲烏程人，顧瑾或言其爲華亭人，故俱加(?)。

梅鼎祚（一一）宣城
汪廷訥（十二）休寧
余聿雲（二）池州
吳大震（二）休寧
程麗先（二）新安
龍渠翁（一）安慶
阮大鋮（五）懷寧
汪宗姬（一）徽州
以上今安徽

金懷玉（九）會稽
王　翊（四）嘉興
沈　嵊（三）錢塘
姚子翼（四）秀水
許炎南（二）海鹽
李九標（一）武陵
庾　庚（一）杭州
周朝俊（一）鄞縣

二

湯顯祖爲傳奇作家中最偉大的一個，所作上抗琵琶拜月，下啓阮大鋮諸人，這個時代的諸作家中直無一足以與他相比肩者．所著牡丹亭（還魂記）至今還爲文士佳人所喜愛，且爲劇場所常常扮演，其盛況與王實甫之西廂記正復相同．

傳奇作品，受同樣的榮譽者絕少，有的是案頭之書，讀者雖多，而少見扮演，有的扮演雖盛，而讀者卻未見感甚高的興趣，獨牡丹亭則無往而不受盛大的歡迎。相傳牡丹亭初出，婁江女子俞二孃酷嗜其詞，至斷腸而死，又傳馮小青讀之，嘗題一詩

盧生入夢（原圖見明刊本邯鄲記）盧生功名未遂，至旅店，遇呂洞賓，授以一枕，盧生枕之，即夢爲將相，被竄謫，極人間之苦樂，醒來時乃知一切俱爲幻象。（邯鄲記第三折）

於書端：『冷雨幽窗不可聽，挑燈閒讀牡丹亭。人間亦有癡於我，豈獨傷心是小青。』此外尙有種種傳說。大約傳奇之動人，恐無過於此者。顯祖字義仍，號若士，江西臨川人，萬歷十一年癸未進士，官禮部主事，以上疏劾首輔申時行，謫廣州徐聞典史，後遷遂昌縣知縣。投劾歸。列朝詩集謂：『義仍窮老蹭蹬，所居玉茗堂文史狼藉，賓朋雜坐，雞塒豕圈，接跡庭戶，蕭閒詠歌，俯仰自得。』（生於公元一五五〇年，死於公元一六一一年。）所作凡五種，於牡丹亭外，有南柯記，邯鄲記，紫釵記及紫簫記。牡丹亭與南柯，邯鄲，紫釵合稱爲『四夢』，最流行，紫簫則知者較少。

牡丹亭凡五十五齣，敍寫杜麗娘與柳夢梅的生死戀愛事。南安太守杜寶爲杜甫之後，生有一女，名麗娘，未議婚配。某一日春晝，到花園中游覽了一回，歸來忽覺懷春，便入睡夢。夢中見書生柳夢梅，（柳宗元之後，）互相愛戀，卽成婚好。不料夢回睡醒，一切俱幻。自此，漸入沈思，日見消瘦，自畫容像，以寄所懷，不久，遂得了一病而亡。柳夢梅卻是實有其人。某日，無意中拾到麗娘的自畫像，驚爲絕色，便供了起來，早晚玩拜。後來，麗娘鬼魂尋到他住處，與他相聚，誓爲夫妻。夢梅偷開了麗娘的棺，她便復活了，偕到他處同住。後來，夢梅赴考，恰遇寇亂。待寇平後，夢梅卻中了狀元。帶了麗娘與她父母相見。在這個出於意料外的相遇裏，全劇便結束了。事蹟是很可詫怪的，若士寫來卻至爲流動，至爲自然；其描狀女子懷春之心境，生死不變之戀感，實爲空前的名著。文辭之飄逸秀美，真摯動人，亦爲自西廂記後未多見之作。其對於人物的描寫，也各具個性。驚夢一齣，尤爲人所傳誦，如：

夢回鶯囀亂煞年光遍。人立小庭深院。炷盡沈煙，拋殘繡線，恁今春，關情似去年。……遍青山，啼紅了杜鵑，荼蘼外煙絲醉軟，牡丹雖好，他春歸怎占的先？閒凝眄生生燕語明如翦，嚦嚦鶯歌溜的圓。……沒亂裏春情難遣，驀地裏懷人幽怨，則爲俺生小嬋娟，揀名門一例裏神仙眷。甚良緣，把青春拋的遠！俺的睡情誰見，則索因循腼腆，想幽夢誰邊？和春光暗流轉，遷延這衷懷那處言？淹煎，潑殘生除問天。

自然是不朽的名句，却在別處也頗不少可比於這些的佳曲好語。

或以爲牡丹亭有所指，有所諷刺，甚且說若士以此劇寫某家閨門之事，以報其私怨，這些都不足以置信．若士此劇或係受『華山畿』故事之影響，顛倒其結局而爲之，或係依據於剪燈新話中之金鳳釵記一則，而略有變異．然其旨則不在敘此『荒唐』之故事，而實欲抒寫那堅貞純一，生死不變之戀情．故於女主人翁之描寫，最爲着力；情之所至，夢而可遇，死而可生．如驚夢，寫真，魂遊，幽媾，冥誓，回生諸齣，實全劇之精華．所以事蹟雖荒唐而論者不以爲怪．數千年來，中國少女之情感，總是鬱祕而不宣，若士卻大膽的把她們的

柳夢梅考試畢，歸來與杜麗娘相見，麗娘聞知江淮兵亂，要夢梅去探望她的父母，於是二人又相別了．（還魂記第四十四齣）

情意抒寫出來了，這大約是牡丹亭特別爲少女所喜愛之一端罷。

南柯記凡四十四齣，依據於唐李公佐的名作南柯太守傳，寫淳于棼夢入蟻國，爲駙馬，任南柯太守，榮貴之極。後公主病死，與敵戰又敗，遂失國王意，回歸故鄉。原來卻是一夢。公佐的傳文至此而止，若士的戲曲卻又於此後添上了二齣，敍淳于棼請僧追薦蟻國衆生，使他們都得升天，復見其父及國王，公主。公主約在忉利天等他，可以再爲夫妻，只要他加意修行。他便大澈大悟。

邯鄲記凡三十齣，乃依據於唐沈既濟的名作

盧生夢登第，爲大吏，功業炳爛，這圖裏是表示他的開山郟以利民的一段事。（邯鄲記第十折）

枕中記而寫的.山東盧生不得志,於旅邸遇呂洞賓而嘆息,洞賓便借他一枕.盧生倚枕而睡,夢中進士,爲高官,富貴榮華,謫遷憂苦,無所不歷.壽至八十,一病而死.遂從夢中醒來,主人炊黃粱飯尙未熟.盧生遂大悟,從洞賓入山中,遇見羣仙,爲一個掃蟠桃落花的仙童.

紫釵記凡五十三齣,乃依據於唐、蔣防的名作霍小玉傳而寫的.詩人李益與霍小玉誓爲夫妻,後復分別,小玉鬱鬱成病將死.有俠士黃衫客强要益重至小玉家,二人復得相見.蔣防原傳,叙至此本言小玉訴益負心,遂暈絕而死.若士此劇,則改爲小玉暈去未死,爲益所喚醒,乃復爲夫妻如初.蔣傳中的李益是一個負心的男子,紫釵中則把二人的分離,歸罪於奸人.

紫簫記凡三十四齣,所敍亦李、霍事,乃紫釵之初稿,結局亦爲團圓.敍小玉嫁了李益,益到朔方參軍去了.小玉每日相思,年年七月七日,爲他曝衣晒書.某一個七夕,益却由朔方回來;恰與是日天上的二星一般,欣喜的話着情語而團圓了.

若士之傳奇，論者每謂其曲文不合韻律，故歌者常常改易原文以合伶人之口。若士嘗對那些改本深致不滿。他曾說道：『予意所至，不妨拗折天下人嗓。』他的曲文之能瀟洒絕俗，抒寫自如，大約即由於此。現在之傳奇差不多已成爲書架上的讀物，實演的機會已絕少，故對於他的合律不合律的辨論，已可不必注意。

三

王世貞字元美，號鳳洲，又稱弇州山人，太倉人，官至刑部尙書，（公元一五二六——一五九〇）所作有鳴鳳記。嘗與李攀龍，謝榛，宗臣，梁有譽同結詩社，世稱五子，而王、李之名

（上官周作）

楊繼盛　鳴鳳記中之主角。

尤著。鳴鳳凡四十一齣，所叙爲當代之事。夏言，曾銑遭讒被殺，嚴嵩父子專政誤國，楊繼盛上疏諍諫，被陷獄中，終死東市，其妻也同殉。後來鄒應龍又上疏劾嵩，終得達到目的，芟夷奸黨。繼盛的死，是明代最動人最感人的一件大事；那樣的壯烈激昂，那樣的從容就義，到如今還足以令人零涕憤慨。所以無論劇本，小說，寫來俱足以動人。相傳元美於嵩敗後寫成此劇，曾由前事東樓之優童金鳳，登台扮演他，以其熟習舉動酷肖，名噪一時。

梁辰魚與鄭若庸，張鳳翼，屠隆諸人齊名。同以『駢綺』之曲文見稱於時。辰魚字伯龍，崑山人，以清詞豔曲名盛當代，所撰江東白苧，包括他的小令散套，流行極盛。時同邑魏良輔能喉囀音聲，變弋陽、海鹽、胡調爲崑腔。伯龍塡浣紗記付之。此劇至傳海外，吳中演奏之盛，史不待言。王世貞曾有詩云：『吳閶白面冶遊兒，爭唱梁郎雪豔詞，』蓋卽指此。浣紗記凡四十五齣，主人翁爲范蠡與西施，而以吳、越之和戰爲線索。范蠡載西施泛湖而去，越本爲傳疑之故事，浣紗則以此爲根據，而演衍出范蠡本與西施有婚姻之約，因國家之故，不得不割斷愛戀，將她獻於吳王夫差．後來越王勾踐起兵報仇，滅吳而歸，范蠡始復得與西施相見，同辭勾踐而泛湖隱去．

鄭若庸字中伯，號虛舟，崑山人，早歲以詩名天下．趙康王聞其名，走幣聘入鄴，客王父子間．王父子親迎接席，與交賓主之禮．康王卒，乃去趙，居清源，年八十餘始卒．詩名蛣蜣集．又善

范蠡初遇西施（浣紗記第二齣）

於作曲，所作有玉玦記，大節記，五福記三種，以玉玦記爲最著，其他二種皆失傳。玉玦記凡三十六齣，叙王商與其妻秦氏慶娘離合事。商上京求名下第羞歸，被人導爲狹邪遊，貂敝金盡，幸遇呂公收留，奮志讀書。會胡騎南侵，秦氏被擄不屈。後來商一舉成狀元，與秦氏重會癸靈廟。曲品謂：『玉玦典雅工麗，可詠可歌，開後人駢綺之派。』同時有薛近袞者，作繡襦記，敘鄭元和，李亞仙事。相傳若庸作玉玦，以其敘妓女之薄情，舊院人惡之，乃共醵金求近袞作此以雪其事。玉玦出而曲中無宿客，及此記出而客復來。

張鳳翼字伯起，長洲人，與二弟並有才名，吳人謂之『三張』。鳳翼所作傳奇凡七種，傳於今者有紅拂記，灌園記，祝髮記等數種。紅拂記敘李靖與紅拂妓的戀愛故事，乃依據於唐杜光庭的虬髯客傳而寫者，凡三十四齣，以虬髯客卽位扶餘國王，幫助李靖擒了高麗國王，唐帝封他爲海道大總管爲結束，遠不如虬髯客傳結局之氣度高遠。灌園記凡三十齣，敍齊太子田法章復國事，以田單樂毅之戰爭，與田法章之戀愛，錯綜敘寫，頗不落於單調．當齊亡時，法章逃於太史家避禍，改名王立，爲灌園人，故謂之灌園記．此二劇爲鳳翼早年所作，還看不出受多少『綺駢派』的影響，說白也很自然，並沒有對仗工整的談吐．祝髮記爲鳳翼晚年所作，爲其母上壽而著者，風格已較前大變，至於通本皆作儷語．

屠隆字長卿，又字偉真，號赤水，鄞縣人，官至禮部主事，爲人所訐，罷歸．縱

「送別」（原圖見明刊本靈寶刀）林冲爲高衙內設計誣陷，刺配滄州，至家與他的妻相別（靈寶刀第十三齣）

情詩酒，好賓客，賣文爲活。所作有曇花記，修文記，彩豪記三種。彩豪記敘李白事，凡四十二齣，中幷插敘天寶之亂及明皇、楊妃事，以郭子儀報恩救白爲結束。修文記敘李賀事。賀每從小奚奴騎距驢，背一古破錦囊，遇有所得，卽書投囊中。後病卒，其母哀不自解。一夕，夢賀來道：今在天上甚樂，爲上帝作新宮記纂樂章。隆此記卽寫此事。曇花記爲隆廢後所作，凡五十五齣，敍唐時木清泰與郭子儀同扶唐室，富貴無匹，後忽感悟，棄家訪道，家中一妻二妾也焚香靜修。二子繼父之勳業，復扶王定亂，後來一家同證正果，並列仙班。隆嘗『命其家僮衍此曲，指揮四顧，如辛幼安之歌千古江山，自鳴得意。』

沈璟與湯顯祖齊名於世，璟之循規踐矩，嚴守曲律，正與顯祖之不守繩墨成一對照。璟字伯瑛，號寧庵，世稱詞隱先生，吳江人。萬歷間進士，官先祿寺某官。著南九宮譜二十三卷，作劇二十一種，爲這個時期作家中之最多產者及最懂得音律者。其所著劇中以義俠記，桃符記，紅渠記等爲最有名。義俠記刊本最多，故最流行。

義俠所敍，乃最流行之英雄傳奇『水滸』的故事之一．水滸故事，除小說外，元人雜劇中已多敍寫之，明人傳奇中亦多有之，如靈寶刀及此劇都是．此劇凡三十六齣，所敍爲武松的始末，事實大都依據水滸傳，惟加入了一個武松的妻賈氏．武松父母在日，曾爲聘下賈氏，因他四處飄泊，久未成親．後武松刺配在外，賈氏亦逃避於尼庵．結局是宋江等受了招安，武松與賈氏成親．（友人

『救尼』（原圖見明刊本靈寶刀）魯智深于途中從解差刀下救了林冲的死，安全的送他到了滄州．（靈寶刀第十五齣）

某君常憾武松以蓋世英雄乃不得其儷配，而以行者終老，得此劇讀之，可以釋其不平之念矣。）璟未染當世駢倚之風，尙曲文賓白多本色語，明白而真切，自較浣紗，祝髮之有意做作者爲勝。

靈寶刀爲任誕先作，亦一敍水滸故事之劇本。誕先一作誕軒，浙汜人，生平未詳。作劇二種。此劇凡三十五齣，寫林冲的始末事蹟亦依據於水滸傳而略有變異。冲妻爲高明所逼，虧得錦兒替嫁。她和王媽媽連夜脫逃，到了四花庵爲庵主。後來冲報了大仇，到庵中謝神，恰與她重復相見。

陸采以作南西廂及明珠記得名。采字子元，號天池，長洲人，爲粲之弟。粲爲諫臣，甚有聲，嘗草明珠記，由采踵成之。明珠敍王仙客與無雙事，依據唐、薛調之無雙傳而寫，凡四十三齣。無雙與仙客有婚約，遇亂，無雙被沒入宮掖。有俠士古押衙設計使無雙暴卒，領屍出，復得生，乃得與仙客終老。南西廂乃改王實甫之西廂記爲傳奇者。自敍云：『李日華取實甫之語翻爲南曲，而措詞命意之妙，幾失之矣。』他的此作，乃懲日華之失者。采所作，於以上二劇外，尚有三種，懷香記，椒觴記及分鞋記是。懷香記以有六十種曲本，故得與明珠及南西廂並傳於今，椒觴與分鞋，則恐已不傳了。懷香敍韓壽事。壽被賈充辟爲司空椽。充有幼女午姐，待字閨中，見壽愛之，遂相戀。後因爲充所知而離散。經了許多苦難，二人終得爲夫婦。

李日華字君實，嘉興人，萬歷壬辰進士，官至太僕寺少卿。所作南西廂，凡二十齣，頗爲時人指摘，日華自己也聲明非他所作，乃他人所托名。

梅鼎祚字禹金，宣城人，棄舉子業，肆力詩文，撰述甚富。所作傳奇，有玉合記一種，亦爲步綺駢派作家之後塵者。此劇凡四十齣，乃衍敍唐、許堯佐的柳氏傳者。(本事詩亦載之。)詩人韓翃(一作翊)有姬人柳氏，爲番將沙吒利所奪。許俊以任俠自喜，聞其事，騎馬直入沙吒利之宅，載柳氏而歸之翃。

汪廷訥字昌朝(一作昌期)，一字無如，休寧人，官鹽運使。作傳奇凡十種，盛傳於世者有獅吼記及種玉記。獅吼凡三十齣，寫陳季常懼內事。季常爲蘇軾之友，妻柳氏，美而妬，季常懼之。軾乃設計，私贈以家姬。後以佛印之力，降伏了號爲河東獅子之柳氏。這劇是有名的喜劇，充滿了詼諧的敘寫，其描述美妻之積威，懼內者之懦怯，極爲逼真而有趣。此種情境，中國戲曲描敘之者殊鮮。種玉記凡三十齣，敘霍休文爲平陽小吏，偶遇侯門侍女，相戀不久，乃爲其兄衞青拆散。後休文生二子，

「娟娟明月射回廊」
（原圖見明刊本紅梅記）

皆得大名，去病爲將，光爲首輔，父子完聚，夫妻團圓。

與他們約同時的作家，有作品傳於今者，茲亦略述於下。

顧大典字道行，吳江人，官至福建提學副使，以善作劇名。所作凡四種，以青衫記爲最著。白居易作琵琶行，本抒寫情懷，毫無故事可述，而有元以來之戲劇作家

宋盧似道妾李素娘偶于湖濱見一少年而讚美之，似道卽把她殺了。這少年乃是裴舜卿。某夜，素娘的鬼魂跑去尋他，他不知其爲鬼而愛悅之。後卒賴素娘之庇護，而逃避了似道的暗害。（紅梅記第十三齣）

乃往往附會其事，强以彈琵琶之商人婦，爲居易之情人，此劇也是如此，以商人婦爲裴興奴，當居易郊遊時曾遇之，不料因事離別，直至潯陽江上聽琵琶，二人方克諧老。

葉憲祖（一作祖憲）字美度，一字相攸，號桐柏，亦號槲園居士，餘姚人，官至工部郎中。所作傳奇凡五種，其中鸞鎞記一種，有六十種曲刊本。鸞鎞記凡二十一齣，敍唐時杜羔曾以碧玉鸞鎞聘趙氏爲妻，後爲奸人所怒，經歷失意之苦，終得佳人之激勉，良友之相助，得中高第，中間插入溫飛卿與魚玄機之姻緣遇合，牽攏得很可笑。

沈鯨號涅川，平湖人，著傳奇四種，以雙珠記爲最著。雙珠記凡四十六齣，敍王楫與妻郭氏同到鄖陽軍中，爲奸人所陷，釀成寃獄，幸得減刑，調戍邊土，郭氏鬻子全貞，後來其子棄官訪求父母，終得合家團圓。鯨的作風也是受了駢綺派的影響的。

徐復祚字陽初，常熟人，著紅梨記，宵光劍，梧桐雨等傳奇四種，以紅梨記爲最著。紅梨記凡三十齣，敍趙汝州與謝素秋的姻緣離合事。汝州與歌妓謝素秋相戀，爲王黼所逼而分離。正遇金人圍汴，徵歌妓送入北邦。素秋亦預其列。賴有花婆設計保護素秋潛避至他地。後汝州成名，終得娶素秋。此外尙有東郭記一種，亦傳爲復祚所作。東郭記凡四十四齣，敍孟子中的『齊人有一妻一妾者』的一段故事。齣目皆取孟子之文句以爲之，很具別緻。中插攘雞者，於陵仲子及王驩事。紙背後隱透着玩世嘲諷之意。

周朝俊字稊玉，鄞縣人，（曲錄作吳縣人，誤）著紅梅記，袁宏道曾爲之删定。紅梅記凡三十四齣，敍裴禹與盧昭容事，而以賈似道事串插其中。

單本字槎仙，會稽人，著露綬記及蕉帕記二種。蕉帕記最流行。此劇凡三十六齣，敍龍驤與胡小姐之遇合。中插入妖女之變形與仙眞之顯法。因妖女將蕉葉變爲羅帕，贈給龍驤，故謂之蕉帕記。

許自昌字元祜，吳縣人，作劇四種，以水滸記爲最著。水滸記凡三十二齣，亦爲依據於水滸傳而寫的劇本。劇中人物，以宋江爲中心，敘他娶妻孟氏，家無別人。(這與水滸傳大異) 後遇閻婆媳，引起了許多風波。虧得梁山泊諸英雄，救他入山聚義，同時且把孟氏也接了來，與江相聚。

陳汝元字太乙，會稽人，著傳奇二種，以金蓮記爲最著。金蓮記凡三十六齣，敘蘇軾以奇才邀帝寵，特賜金蓮歸第。章惇設計使軾外調。於時得遇朝雲，偕合鸞傳。復爲奸人所陷，幾成詩獄，幸其弟

王魁赴考，與桂英相別。(焚香記第十二齣)

轍疏救，得謫守黃州。後來二子成名，合家證果修真。

王玉峯，松江人，佚其名，著焚香記，凡四十齣，敘王魁、桂英事。王魁負桂英的故事爲向來作劇家所常敘寫的悲劇，宋、金院本中已有此名。此故事原見張邦幾侍兒小名錄拾遺，敘王魁下第，與桂英誓爲夫妻。後魁唱第爲天下第一，乃負桂英之約。桂英持刀自刎。其鬼魂竟報仇追魁入冥。此劇則力翻原案，改爲大團圓的局面。以爲王魁並不負桂英，其中搆陷桂英者乃爲奸人金壘。後冥司對案，桂英還陽，復得與魁偕老。此種翻案的作品，頗

減少了悲劇的崇高的趣味。然玉峯對於人物的描寫能力頗高，故稱許此劇者甚多。

謝讜號海門，上虞人，著四喜記。四喜記凡四十二齣，敍宋杞因編竹橋渡蟻，獲享厚報，二子宋郊，宋祁皆中狀元，富貴顯達。高濂字深甫，號瑞南，錢塘人，著玉簪記及節孝記。今傳玉簪記一種。玉簪記凡三十三齣，敍陳妙常與潘必正事，此故事爲民間盛傳的「情史」之一。妙常與必正本已指腹爲婚。後因兵亂，妙常托身尼菴，恰遇必正，重締姻緣。中經阻難，別離，終得團圓偕老。汪錢字劍池，錢塘人，著春蕪記，凡二十九齣，敍宋玉事，依據登徒子好色賦而加以憑空造作的女主人翁玉與季淸吳締結良緣不料爲奸徒設計阻隔。後荷君王賜姻，克諧夙願。朱鼎字永懷，崑山人，著玉鏡台記，凡四十齣，敍晉代溫嶠事。此故事關漢卿亦曾寫爲雜劇，此劇則放大至十倍。楊珽字夷白，錢塘人，著龍膏記及錦帶記。今僅傳龍膏記，凡三十齣，敍張無頗與元載之女湘英締姻事，亦不脫才子佳人離合悲歡之陳套。史槃字叔考，會稽人，著夢磊記及合紗記。夢磊記曾被馮夢龍改定，刊入墨憨齋傳奇定本中。沈嵊字孚中，錢塘人，作綰春園（曲錄作幻春園，似誤）。息宰河等三種，亦甚爲時人所稱。綰春園有譚友夏，鍾惺評刻本。

周螺冠，張午山，徐叔回，名里生平俱未詳，各著有傳奇一種。螺冠著錦箋記，凡四十齣，敍梅玉與柳淑娘之離合事。張午山著雙烈記，凡四十四齣，敍梁紅玉與韓世忠之事。徐叔回著八義記，凡四十一齣，敍程嬰存趙孤事。

明之末年，有馮夢龍與阮大鋮二大家殿於後。夢龍爲當時文壇的中心，嘗增補平妖傳，編著警世通言，喻世明言，醒世恒言三種，（皆短篇小說集，）尤注意於戲曲，刻墨憨齋傳奇定本十種，多改削他作家之劇本，如改湯顯祖之牡丹亭爲風流夢，改陸無從，欽虹江敍李燮事之二劇本爲酒家傭，又改余聿雲之量江記，改李玉之永團圓。其自作者，有雙雄記，萬事足，新灌園三種。

阮大鋮字集之，號圓海，又號百子山樵，懷寧人，官至兵部尚書。大鋮初附魏忠賢，忠賢死，坐廢．後復起用，爲諸名士所嘲罵，於是捕逐諸公子，大爲奸惡，論者多不齒之．然其所著燕子箋，春燈謎，雙金榜，牟尼合，忠孝環五種傳奇，則卽與之爲敵者，也莫不推許之．他所取的題材，不能逃出陳腐的圈套，然描寫殊細膩有情致．燕子箋凡四十二齣，爲大鋮五種曲中最有名者．桃花扇中曾敍及侯方域，陳慧生諸人觀演燕子箋，殊爲感動．劇中故事是如此：霍都梁至京師會試，與妓華行雲相戀，執筆爲她畫像，把自己也畫入．畫好後，送到裱裝店裏去．同時，禮部尙書酈安道有女名飛雲，貌肖華行雲，亦將吳道子畫之觀音像一幅送到同一裱裝店裏去．不料，二畫裱好後，店中人却互送錯了，把華行雲與霍都梁的畫像送給飛雲，却把觀音像送給都梁了．飛雲見畫上題『茂陵霍都梁寫贈雲娘妝次』，又見畫中二人，一個面貌與她酷肖，一人却是風度翩翩的少年，不禁驚駭不已，便祕密的藏了起來．某一春日，作詞一首，詠此事，爲燕子啣去，恰落於都梁之前．後來都梁爲其友鮮于佶所陷，逃於他方．那時安祿山反，天下大亂．飛雲與母在逃難途中相失．行雲亦逃難在外，與飛雲母相遇．母見其酷肖己女，便認她爲義女，一路同行，恰逢安道．飛雲則爲其父執賈南仲之軍所收容，亦認爲義女．這時，霍都梁改名爲卞無忌，入賈南仲幕中，獻奇策，滅了祿山．南仲以飛雲妻之．二人相見驚異，細訴衷情．不久，行雲亦歸於都梁．春燈謎亦名十認錯，凡四十齣，亦得盛名．中敍宇文學博有二子義、彥．彥隨母赴父任，泊舟黃河驛．適韋節度之舟亦泊於此．時爲元宵，彥上岸觀燈，韋女改裝爲男，亦去觀燈．二人同猜燈謎，賦詩唱和．各執一詩箋而別．會風起，二船各泊他所．女誤入宇文舟，彥誤

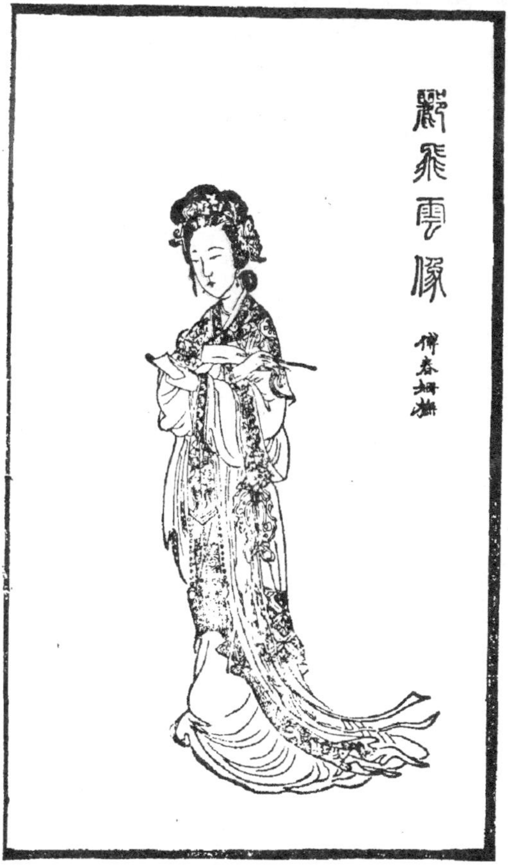

燕子箋中的一個女主人翁．

入韋舟.旋各揚帆行.彥母認韋女爲己女,彥則被韋節度投於水.又被誤爲賊,捕入獄中.會兄義大魁天下,被唱名者改爲李文義,授巡方御史.同時,彥亦更姓名爲盧更生.義不知更生卽爲弟,釋之出獄,彥亦不知御史卽爲其兄.後彥登第,韋節度爲執柯,與李氏女結婚,乃不知李氏卽己父之家.到了結婚時相認,方才明白種種的錯誤.因共有十錯,故謂之十認錯.

這時期無名氏之作品,傳於今者頗多,其著者有:玉環記,敍韋皋與張瓊英事;尋親記敍周羽被奸人所

「轟謎」(原圖見紅暖室刊本春燈謎第八齣:上元節,韋小姐改扮男裝,至廟中猜謎,遇宇文彥.

陷，其妻守節，遺子尋父事；金雀記，敍潘岳與井文鸞事；霞箋記敍李彥直與張麗容事；投梭記，敍謝鯤與文縹風事；琴心記，敍司馬相如與卓文君事；飛丸記，敍易弘器與嚴玉英事；贈書記敍談塵與魏輕烟事；運甓記，敍陶侃運甓事；節俠記，敍裴伷先與盧鬱金事；四賢記，敍孫澤娶妾生子事；此外尚有不少，未能一一在此列舉。

當明末天下大亂，流寇殺人如麻，清人又繼之而入關，兵馬倥偬，自不遑文事，劇壇遂如垂萎之花，憔悴可憐，如經霜之草，枯黃無生氣。然當清人勘定中國時，傳奇作者却又聯臂而出，其盛況不亞於正德萬歷之時，爲這個時期戲曲史的光榮的殿軍。大抵這些清初的作家，俱爲經閱滄桑之變者。其中如袁于令，吳炳，李玉諸人，在前朝且都爲已享盛名之作家。

袁于令原名韞玉，字令昭，號籜庵，吳縣人，官荊州府知府。作劇凡五種，卽金鎖記，玉符記，珍珠衫，鸕霜裘及西樓記，而以西樓記爲最著。相傳于令一日出飲歸，月下肩輿過一大姓門，其家方燕賓，演霸王夜宴。輿人曰：『如此良夜，何不唱繡戶傳嬌語，乃演千金記！』于令狂喜，幾墮輿。西樓記凡三十六齣，敍于鵑與穆素徽事。于生與素徽在西樓相戀，不幸爲人所拆散。後于生聞素徽別嫁他人，一病幾死。素徽誤聞于生死耗，亦自縊以殉。但二人實俱未死，賴俠士玉成其事，將素徽奪來送給于生，完此一段癡情。

吳炳字石渠，宜興人，少年登第，有才名，作劇凡五種，即畫中人，療妒羹、綠牡丹，西園記及情郵記。新傳奇品謂：『吳石渠之詞，如道子寫生，鬚眉畢現』五劇皆寫佳人才子事，而西園記名最著。西園撰於萬歷末年，敍張繼華與王玉真事。中間並不串插苦難逃避，奸人播弄，僅以空想的戀愛誤會的癡情，反復細寫，很足動人。

范文若字香令，號荀鴨，又自稱吳儂，松江人，作劇凡九種，以鴛鴦棒，花筵賺，倩花姻及夢花酣爲最著。薛旦字既揚，號沂然子，無錫人，作劇凡十種，以書生願，醉月緣，戰荆軻，蘆中人，昭君夢等爲著。馬佶人字更生，吳縣人，作梅花樓，荷花蕩，十錦塘三種，以荷花蕩爲最著。劉晉充字方所，蘇州人，著羅衫合，天馬媒，小桃源三種。葉稚裴字美章，吳縣人，作琥珀匙，女開科，開口笑，鐵冠圖（一名遜國疑）等八種。朱佐朝字良卿，吳縣人，作漁家樂，萬花樓，太極奏，乾坤嘯，豔雲亭，淸風寨等三十種。邱園字嶼雪，常熟人，著虎囊彈，黨人碑，百福帶，蜀鵑啼等九種。

李玉字玄玉，吳縣人，作劇凡三十三種，在當時作家中，他爲最受人讚許者。新傳奇品謂：『李玄玉之詞，如康衢走馬，操縱自如。』馮夢龍亦爲之刪定人獸關及永團圓二劇。論者謂他的『一，人，永，占』四劇，可以追步湯顯祖。所謂『一人永占』，卽玉之一捧雪，人獸關，永團圓，占花魁四劇。一捧雪凡三十折，敍莫懷古以一玉杯名『一捧雪』者召禍，幾被嚴世藩所殺，賴義僕代死，良友救緩，方得脫。後其子莫昊改姓名，爲大吏，復得『一捧雪』且與父母完聚。人獸關凡三十三折，敍施濟好周濟窮苦。嘗遇桂薪欠官債，欲鬻妻女以償，乃代爲之付款。薪感激知遇，將女獻他爲妾。不料後來薪獲金暴富，便負心失約。一夕，夢入冥中，歷經因果報應，乃大悟悔。永團圓凡三十二折，敍蔡文英與江蘭芳幼年訂婚。因江翁悔婚，起了許多波折。但後來二人終得團圓.占花魁凡二十八齣,敍賣油郎秦鍾與花魁(莘瑤琴)事.花魁與秦鍾的遇合故事曾見於今古奇觀,已成了盛傳於民間的一個傳說.此劇言金人侵宋,各處大亂.秦鍾爲一個統制官之子,因亂逃避異鄉.莘瑤琴亦宦家女,因亂爲奸人掠賣入勾闌.後來二人相遇,情好至篤.秦鍾父升了樞密副使,二人也各得封贈.相傳當宏光即位南京時,嘗觀演此劇,見劇中『泥馬渡康王』一折,因恰合於時事,對此劇極加欣讚.

朱素臣,以字行,吳縣人,作劇凡十八種,其中以振三綱,未央天,聚寶盆,十五貫,瑤池宴等爲最著.十五貫一種,至今還盛演於劇場.此劇係依據於南宋人小說錯斬崔寧而略有變異.錯斬崔寧言崔寧賣絲得錢十五貫,偶與二娘子同行,乃蒙被不白之冤,竟被屈斬.此劇則換了人名,言兄弟二人各被冤獄,後得賢官昭豁,得以釋出.新傳奇品謂:『朱素臣之詞,如少女簪花,修容自愛.』

周坦綸號果菴,里居未詳,作劇十四種,以火牛陣,綈袍贈二種,爲他最得意之作。張大復字星期，一字心其，號寒山子，蘇州人，作劇凡二十三種，以如是觀，醉菩提，海潮音，釣魚船，天有眼等爲最著。高奕字晉音，一字太初，會稽人，著新傳奇品，作劇凡十四種，以風雪緣，千金笑，貂裘賺爲最著。盛際時字昌期，吳縣人，作劇四種，以飛龍蓋及雙虬判爲最著。史集之字友益，溧陽人（一作吳縣人）作清風寨及五羊皮二種。朱雲從字際飛，吳縣人，作劇凡十二種，以石點頭，別有天，赤鬚龍，兒孫福爲最著。陳二白字于令，長洲人，作劇三種，以雙官誥爲最著。陳子玉字希甫，吳縣人，作三合笑，玉殿元，歡喜緣三種。王香裔名里未詳，作非非想，黃金台二種。丁耀亢字野鶴，曾作續金瓶梅，見上章，所作劇凡四種，卽蚺蛇膽，仙人遊，赤松遊及西湖扇，曾於順治時進呈。

吳偉業字駿公，太倉人，官祭酒，有秣陵春傳奇一種。秣陵春凡四十一齣，敍徐適與黃展娘事，事蹟殊離奇，不亞於牡丹亭還魂記，卻隱寓着深意。偉業自序道：『是編也，果有託而然耶，果無託而然耶，卽余卽不得而知也。』

尤侗字同人，一字展成，號西堂，長洲人，官翰林院檢討，作鈞天樂一種，凡三十二齣，敍科場之黑暗，爲一班文士抒寫失意悲鬱的情懷，較那些寫佳人才子的無生氣無情感的戲曲自然勝過無數倍。侗自序謂：『逆旅無聊，追尋往事，忽忽不樂，漫塡詞爲傳奇。率日一齣，齣成則以酒澆之，歌哭自若，閱月而竣。』後幾因之而獲罪。獄雖得解。而每『登場一唱，座上貴人未有不色變者。』可見其動人之深切，

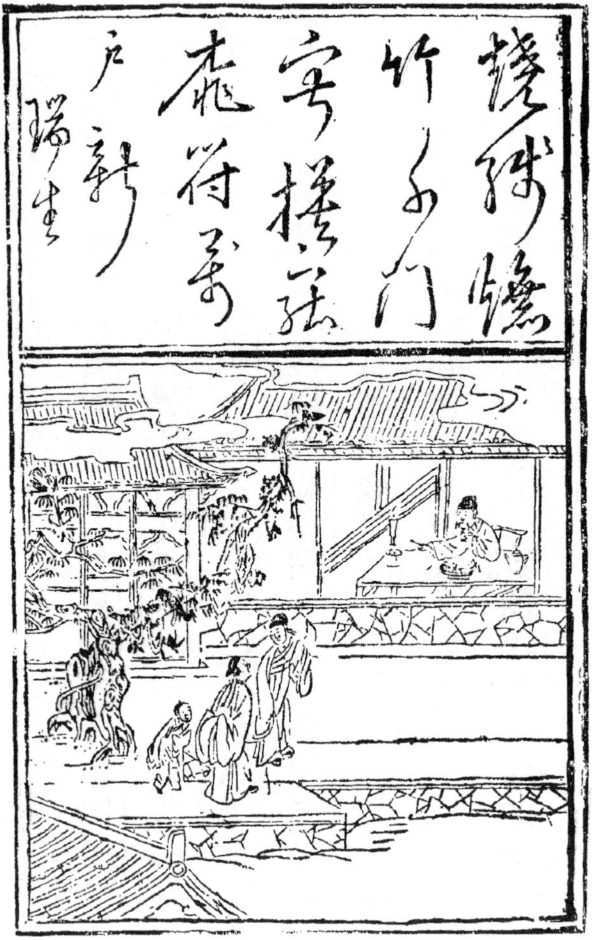

蜃中樓的一幕

諷罵之尖刻。

李漁字笠翁，蘭溪人。作十二樓小說，已見上章。他爲當時極負盛名之戲曲作家。新傳奇品謂他的詞『如桃源笑傲，別有天地。』作劇凡十六種；其中奈何天，比目魚，蜃中樓，美人香，風箏誤，愼鸞交，凰求鳳，巧團圓，玉搔頭及意中緣十種，最爲流行，其他六種，萬年歡，偸甲記，四元記，雙錘記，魚籃記及萬全記，則知者較少。笠翁的劇本，以綿密快利著；文詞極通俗明顯，結構極精密適當。然一般正統派的文人對於笠翁却有微詞，蓋以其太『俗。』演奏者卻多喜歡他的作品。他對於戲曲的見解，也很高明，他的閒情偶奇中，有詞曲部，論結構，詞采，音律，賓白，科諢，格局等，都有獨到之語。如謂不應以劇本爲洩怨報仇之具，曲文宜顯淺平易，賓白務須各肖其人，科諢須戒淫褻及惡俗之言語舉動等等，俱爲切中時弊者。

四

這個時期的雜劇，其盛況自比不上傳奇，然作者卻未嘗衰落；康海，楊愼，徐渭，汪道昆，王衡，許潮，沈自徵，來集之諸人，且專以雜劇著；傳奇作家，如梁辰魚，梅鼎祚，徐復祚，汪廷訥，尤侗，吳偉業諸人也都嘗作雜劇。雜劇之高潮，在元代極洶湧澎湃之致者，至此第二時期實未嘗退去。

當這個時期之後半，即當明、清之交，沈泰編刊盛明雜劇二集，凡載雜劇六十種，（內有周憲王二一種為第一期作品）鄒式金又編刊雜劇新編（一名雜劇三編），繼於盛明雜劇

王推假冒著王維之名，與歧王同到九公主府中奏樂。（鬱輪袍第三折）

之後，凡載雜劇三十四種．在這三部書中，本時期雜劇的重要作品差不多已完全被收入了．茲將這三部書所載的雜劇的作家及其作品列一表於後．（凡劇名下註㊀者，指盛明雜劇一集所載，註㊁者指係二集所載，註「新」者，指係雜劇新編所載．）

作家	作品
康海　字德涵，號對山，武功人．弘治十五年狀元，授翰林院修撰．	東郭先生誤救中山狼㊀
徐渭　字文清，一字文長，山陰人．	漁陽弄㊀翠鄉夢㊀雌木蘭㊀女狀元㊀此四劇總名四聲猿
梁辰魚　見前．	紅線女㊀
汪道昆　字伯玉，號南溟，歙縣人，官至兵部左侍郎．	高唐夢㊀五湖遊㊀遠山戲㊀洛水悲㊀
馮惟敏　字汝行，號海浮，臨朐人，官保定府通判．	梁狀元不伏老㊁
陳與郊　字廣野，海寧人，官太常寺少卿．	昭君出塞㊀文姬入塞㊀義狗記㊀
梅鼎祚　見前．	崑崙奴㊀

王衡	字辰玉，太倉人，官翰林院編修。	鬱輪袍㊀眞傀儡㊀
許潮	字時泉，靖州人。	武陵春㊁蘭亭會㊁寫風情㊁午日吟㊁南樓月㊁赤壁遊㊁龍山宴㊁同甲會㊁
葉憲祖	見前。	北邙說法㊀團花鳳㊀易水寒㊁夭桃紈扇㊁碧蓮繡符㊁丹桂鈿盒㊁素梅玉蟾㊁
沈自徵	字君庸，吳江人。	鞭歌妓㊀簪花髻㊀霸亭秋㊀
凌初成	苕中人。	虬髯翁㊁
徐元暉	里居生平未詳。	有情癡㊁脫囊穎㊁
汪廷訥	見前。	廣陵月㊀
王應遴	字雲來，里居不詳。	逍遙遊㊁
孟稱舜	字子若（又作子適）會稽人。	人面桃花㊀死裏逃生㊀英雄成敗㊁眼兒媚（新）
卓人月	字珂月，仁和人。	花舫緣㊀
陳汝元	字太乙，會稽人。	紅蓮債㊁
祁元儒	里居生平未詳。	錯轉輪㊁

車任遠	字柅齋，上虞人。	蕉鹿夢㊁
徐復祚	見前。	一文錢㊀
徐士俊	原名翽，字三有，號野君，仁和人	春波影㊀絡冰絲㊁
王澹翁	端居生平未詳。	櫻桃園㊁
孫源文	字南公，無錫人。	餓方朔（新）
陸世廉	字超頑，又號晚庵，長洲人，宏光時，官光祿卿，入清，隱居不出。	西台記（新）
茅維	字孝若，號僧曇，歸安人。	蘇園翁（新）秦庭筑（新）金門戟（新）雙合歡（新）鬧門神（新）
僧湛然	一號寓山居士。	曲江春㊁魚兒佛㊁（或以曲江春爲王九思作）
秦樓外史	名里未詳。	男王后㊀
蘅蕪室	名里未詳。	再生緣㊀
竹癡居士	名里未詳。	齊東絕倒㊀
吳中情奴	名里未詳。	相思譜㊁（一云王百穀撰）

袁于令　見前。	雙鶯傳(二)
吳偉業　見前。	通天台(新)臨春閣(新)
薛旦　見前。	昭君夢(新)
鄭瑜　字無瑜，西神人。	鸚鵡洲(新)汨羅江(新)黃鶴樓(新)滕王閣(新)
周如璧　號芥庵，里居未詳。	孤鴻影(新)夢幻緣(新)
查繼佐　字伊璜，號東山，海寧人。	續西廂(新)
堵廷棻　字伊令，無錫人。	衞花符(新)
尤侗　見前。	讀離騷(新)弔琵琶(新)
黃家舒　字漢臣，無錫人。	城南寺(新)
張來宗　里居生平未詳。	櫻桃宴(新)
張龍文　字掌霖，武進人。	旗亭宴(新)
南山逸史　名里未詳。	半臂寒(新)長公妹(新)中郎女(新)翠鈿緣(新)京兆眉(新)

士室道人　名里未詳。	鯁詩讖（新）
碧蕉軒主人　名里未詳。	不了緣（新）
鄒式金　字仲愔，號木石，明進士，入清，官泉州府知府。	醉新豐（新）風流塚（新）
鄒兌金　字叔介，式金弟。	空堂話（新）

在上表裏，有幾個作家應該特別提出一說的。康海的東郭先生誤救中山狼，與馬中錫的中山狼傳，當是同時之作，所以事實都極相同，無甚出入。這是一篇很有趣的『寓言劇』，敍中山狼被趙宣子所獵，東郭先生救之出險。及獵者去遠，狼卻想吃先生以充飢。先生大恐，要他先問三老，批評是非，然後再吃他。狼許之。先問老杏樹及老牛，俱言可吃。先生益恐。最後遇杖藜老人，乃設計把狼騙入囊中，用刃刺死。在高麗及南斯拉夫的民間，也俱有與此相類的民間故事。海所敍或也爲當時的一個民間故事的重述。但相傳海之所以作此劇，乃因劉瑾當權時，他曾救李

夢陽，而夢陽得勢後，卻不肯對他一援手，故比之爲『中山狼，』以示深惡痛絕之意．這種傳說現在已不能知道其真確與否，我們可以不必研究．然本劇把狼，牛，杏都人格化了，寫其性格，談吐俱極活潑有趣，在中國的劇壇上，實爲很難得的好劇本之一．

徐渭爲中國文學史裏最奇怪的人物之一．他的生平的言動，曾流傳於民間，成了許多很有趣的智慧故事．他嘗爲胡宗憲之幕友．胡被殺後，他鬱鬱不得志，流

紅線別薛嵩而隱去．（紅線女第四折）

落於各地，以狂名。曾以殺妻下獄，得免死放出。又嘗以巨錐自刺兩耳，深入寸許，乃亦不死。其詩與文，俱很詭奇而飄逸。總名四聲猿之四個雜劇，乃他生平最著之作品。四聲猿雖亦用題目正名，似爲一劇，然實乃不相聯貫之四劇。漁陽弄敍彌衡在冥中復演擊鼓罵曹之故事，曹操這時已爲不赦之囚，乃暫得高坐以重現其生前的威嚴，領受彌衡的謾罵。翠鄉夢敍玉通禪師因妓女紅蓮而破戒體，念偈坐化。其靈魂投入柳宣教家

木蘭代父從軍。（雌木蘭第一折）

爲女。後來做了妓女，喚名柳翠。他的師兄月明和尚前去度她。柳翠乃大悟，復去修眞。雌木蘭敍花木蘭替父從軍事。事蹟都依據於著名的木蘭辭，僅末後添出一個王郎，爲木蘭之夫。女狀元敍黃崇嘏改換男裝考中狀元。周丞相欲將女兒嫁她，崇嘏作詩辭謝，自明爲女。後周丞相子鳳羽又中了狀元，乃娶崇嘏爲妻。

吳偉業爲明末遺臣，雖仕於淸，而心中不免鬱鬱。在他的詩文中，常可看出他的悲憤無告的隱衷來。他的通天台，敍梁元帝時左丞沈烱，身經家國覆亡之痛，一日，登漢武帝通天台遺址，醉而歌哭，無端痛訴情懷。第一齣之末有一段：

你看雲山萬疊，我的台城宮闕，不知在那里，只得望南一拜。（生拜介）

〔賺煞尾〕則想那山遶故宮寒潮向空城打，杜鵑血揀南枝直下。偏是俺立盡西風搔白髮，只落得哭向天涯，傷心地付與啼鴉。誰向江頭問荻花！難道我的眼呵盼不到石頭車駕，我的淚呵，洒不上修陵松檟，只是年年秋月聽悲笳！

這不是沈烱，乃是偉業他自己，在哀訴，在悲悼，在憤懣的高歌！第二齣敍烱醉睡台上，漢武帝指示他一番．他因悟得興亡榮衰，『到頭來總是一場扯淡，何分得失，有甚爭差．到爲他擾亂心腸，搥胸跌脚，豈不可笑．』他雖是如此的强自寬慰，然無聲之泣，强解之愁，較之痛哭絕叫尤爲可悲！他的臨春閣，凡四齣，敍女節度使冼夫人及陳後主妃張麗華事．冼夫人以女子典軍，聲威遠震，張妃爲後主掌文詔，痒心國事．某日賜宴臨春閣，極一時之盛．後隋兵滅陳，麗華死之．冼夫人聞之，悲憤異常，遂了悟一切，解甲散軍，入山修道去了．此劇文情至佳，與通天台同爲這時期罕見之作．第四齣冼夫人夢見張妃一段尤好．

尤侗作雜劇凡五種，雜劇新編錄其讀離騷，弔琵琶二種．其他三種爲桃花源，黑白衞及清平調．讀離騷敍屈原事，第一折寫原呵壁問天，及問卜於鄭詹尹，第二折寫原作九歌以祭神，第三折寫原見漁父，投江自殺．第四折寫宋玉賦高唐及招魂隱括楚辭諸篇寫成一劇，很見作者的技巧．弔琵琶敍王昭君出塞事．第一折寫昭君遠嫁，第二折寫她投江自殺，第三折寫她魂回宮闕，第四折寫蔡琰入塞，過靑塚弔祭文姬。桃花源本於陶淵明有名的桃花記而作，而以淵明爲主人翁，言他尸解後。真個入桃花源，與羣仙爲侶。黑白衛本於唐裴鉶傳奇裏的聶隱娘一則而作，在當時極得盛名，實則沒有什麼深摯的情趣，遠不如讀離騷及桃花源。清平調亦名李白登科記；中敘唐明皇叫楊貴妃爲主考，定天下舉人試卷的等第，她以李白爲第一，賜狀元及第，杜甫爲第二，孟浩爲第三。白所作乃清平調三章。這不合於史實，且很可笑，但也與倜的傳奇鈞天樂一樣，背後隱藏着的乃是當時黑暗的科場所釀出的悲哀心境。鈞天樂從正面寫，此劇則從反面寫李白之登科，正是故作快意之語。

這時期裏的重要雜劇作家，其作品未見錄於盛明雜劇諸書中者，尚有數人。楊慎字用修，號升庵，新都人，以第一人及第，官翰林院修撰，後謫戍雲南。（生於一四八八——死於一五五九）慎才華蓋世，著作之方面極廣，作劇凡三種，卽宴清都洞天元記，蘭亭會，及太和記。太和記凡六本，每本四折。

黄方儒號醒狂，金陵人，作倚門，再醮，淫僧，偷期，戀童，懼內六種，總名陌花軒雜劇。王九思字敬夫，作杜甫遊春，中山狼一種。中山狼似爲康海同名之作的改本。來集之號元成子，蕭山人，作雜劇六種；藍采和，阮步兵，鐵氏女三種，總名秋風三疊。其他三種爲挑燈劇，碧紗籠，女紅紗，都傳於世。葉小紈字蕙綢，吳江人，適同縣沈永禎，著鴛鴦夢一本，見午夢堂十集中。王夫之字而農，號船山，衡陽人，爲明遺民中生活最艱苦者之一，有全集，（生於公元一六一九年，死於公元一六九二年）作雜劇一本，名龍舟會。

五

在本章的最後，須略述本時代的詩人與散文作家。本時代的重要作品爲小說與戲曲，詩與散文則殊呈寥落不振之狀。明人以摹擬古人爲務，以互相標榜詆諆爲習，或流於淺率，或故爲僻澀幽詭，可傳之作殊少。到了末葉，有錢謙益，吳偉業出，風氣才爲之一變，而詩與文亦入於精瑩渾厚之境，開始了以下兩個世紀的波濤汹湧，氣象萬千的文壇。

永樂之際的作家，有楊士奇，解縉，楊溥諸人，他們是政治家而非文人。及李東陽起，倡宗杜之說，乃開了擬古之端。東陽字賓之，號西涯，茶陵人，生於公元一四四七年，死於公元一五一六年，著有懷麓堂集。繼李東陽之後者爲李夢陽，何景明，徐禎卿，邊貢，康海，王九思及王廷相，當時號爲七子，以復秦、漢文，盛唐詩相號召，其影響波及於天下，成了後來文壇爭執的中心。李夢陽（公元一四七二——一五二九）字獻吉，號空同子，慶陽人，著有空同集，何景明

楊士奇

（公元一四八三—一五二一）字仲默，號大復山人，信陽人，著有大復集。徐禎卿字昌穀，吳縣人，邊貢字廷實，歷城人，王九思字敬夫，鄠縣人，王廷相字子衡，儀封人。七子以李，何爲領袖，然夢陽之作品，擬古之作而已，景明則能自抒性靈。當時，未受七

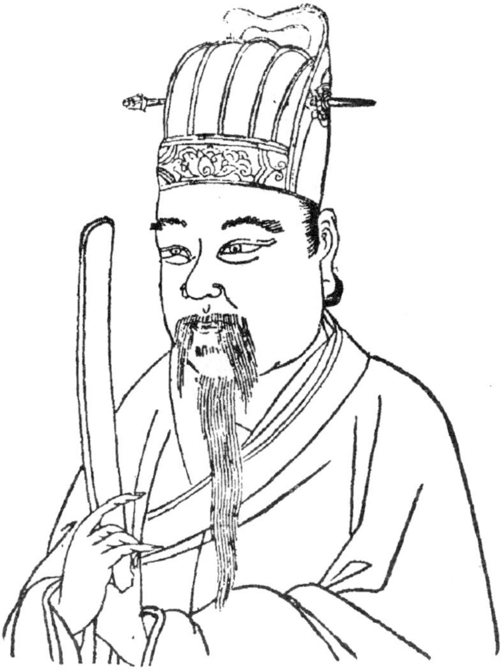
楊溥

李東陽

文徵明

子影響，而以清快諧奇，所謂『才子之文』著稱者，有唐寅，祝允明，文徵明三人。唐寅（公元一四七〇——一五二三）字伯虎，一字子畏，號六如，吳縣人，祝允明字希哲，號枝山，長洲人，文徵明號衡山，長洲人。他們三人的行爲，正與他們的詩文一般，以放蕩驚俗爲世所訾。然其所作亦間有清逸可喜之作。

繼李、何七子之後者又有後七子，爲李攀龍，王世貞，謝榛，宗臣，梁有譽，徐中行及吳國倫，皆揚復古之波者。李攀龍（一五一四——一五七〇）字于鱗，號滄溟，歷城人，王世貞號弇州山人，有弇州四部稿，謝榛（一四九五——一五七五）字茂秦，號四溟山人，臨清人。宗臣字子相，揚州人，梁有譽字公實，順德人。徐中行字子輿，長興人。吳國倫字明卿，興國人。後攀龍死，謝榛又被擯於他們，於是改稱爲『五子』，以世貞爲首領。繼之者有後五子，廣五子，續五子之稱，俱爲無甚可注意的作家；最後有末五子者，爲李維楨，（一五四七—一六二六）屠隆，魏允中，胡應麟及趙用賢，較之前人，殊爲傑出。李維楨，京山人，以詩著，屠隆則以作劇名，胡應麟字元瑞，蘭溪人，亦以切實之學問著。

未被列於七子五子者，有王守仁，王愼中，唐順之，楊愼，徐渭諸人。王守仁（一四七二——一五二八）字伯

王守仁

安，餘姚人，世稱陽明先生，倡良知之說，影響極大，在當時諸文人中，功業最盛。詩文不依傍古人，而格律整嚴。王愼中（一五〇九—一五五九）字思道，晉江人，號遵巖居士，以淡永條達之古文著。唐順之（一五〇七—一五六〇）字應德，號荊川，武進人，與愼中齊名，亦善擬作唐、宋人之「古文」。楊愼以詩著名，所作極多，於詩文集及劇本之外，又著詩話，編詞林萬選。徐渭（一五二一—一五九三）以作劇著，詩文亦奇僻有逸氣。

在五子七子極盛之時，明顯的出與他們對抗的有歸有光，茅坤諸人。歸有光（一五〇六—一五七一）字熙甫，崑山人，世稱震川先生，提倡唐、宋之古文，以淸順有情致爲文章之極軌，不尙詭怪，亦不尙絢麗；所極力摹擬者爲司馬遷，韓愈，柳宗元，歐陽修，蘇軾諸人之文，影響於後二世紀甚大。茅坤（一五一二—一六〇一）字順甫，別號鹿門，歸安人，刊唐、宋八家古文，後來所謂古文宗匠之『唐、宋八家』，其名卽始於坤，然坤之文殊疏淺，不能自立爲一家。

明之末葉，有袁氏兄弟及鍾、譚、張、陳、錢、吳諸人，各趨一途，各有一部分的勢力。袁宏道字無學，公安人，與兄宗道，弟中道，並著名於世，被稱為『三袁』。其文殊詭怪，號為『公安體』。鍾惺（一五七四——一六二四）字伯敬，竟陵人，與同里譚元春（字友夏），並馳聲於世，其詩文被號為『竟陵體』。元春之詩，較為深摯。張溥（一六〇二——一六四一）字天如，太倉人，復社首領，所編有漢魏百三名家集。陳子龍（一六〇八——一六四七）字人中，又字臥子，華亭人，幾社首領，善為駢文及詞。此二人皆欲復振李、王之緒餘者。

以上諸人，主張雖各不同，然其傷於擬古與空疏，無獨特的濃摯的風格則一。錢謙益與吳偉業為明代文人之魯靈光殿，為清代文人之開山祖，其詩文獨高出於上述諸人，如泰山之峙於土阜之中，如白鶴之立於雞羣。錢謙益字受之，號牧齋，常熟人，在明末為文章宗匠。清兵入關，謙益迎降，以是頗為世人所譏彈。乾隆間曾下詔焚棄其詩文集。吳偉業之詩悲惋悽麗如其曲，故國之思，時時流露。又常作詠歌時事之長詩，時稱之爲『詩史』．顧炎武，王夫之，黃宗羲三人爲明之遺老，入清，不仕，夫之且遁入深山．宗羲（一六一八——一六九九）少以義俠著，及明亡後，著明夷待訪錄，獨到之見極多．顧炎武（一六一三——一六八二）著日知錄，爲最負盛名的筆記之一，在那裏，我們可以看出他的眞懇的爲學的態度．

顧炎武

侯方城，魏禧，汪琬，亦爲明之文人而入淸者，齊名於當時，衍『古文家』之緒。方域（一六一八——一六五四）字朝宗，河南商丘人，有壯悔堂集。禧（一六二四——一六八〇）字冰叔，寧都人，與兄際瑞，弟禮並名爲『寧都三魏』。琬（一六二四——一六九〇）字苕文，號鈍庵，長洲人，爲宗歸有光之古文作者，著鈍翁類稿。

淸之詩人，以施閏章宋琬，爲宗時稱『南施北宋』。閏章（一六二四——一六八九）字尚白，號愚山，江南宣城人，著學

施閏章

餘堂集，琬字玉叔，號荔裳，山東萊陽人，著安雅堂集。略後於施、宋而較他們為偉大者為王士禎，朱彝尊，他們的詩在當時影響極大，卓然足以自立。士禎（一六三四—一七一一）字貽上，號阮亭，又號漁洋山人，山東新城人，力倡神韻之說，為後來諸詩人開闢了一條大路，論者稱之為清代第一詩人。著有帶經堂集。彝尊（一六二九—一七〇八）字錫鬯，號竹垞，秀水人，著作的方面極多，於詩詞外，古文亦自

朱彝尊

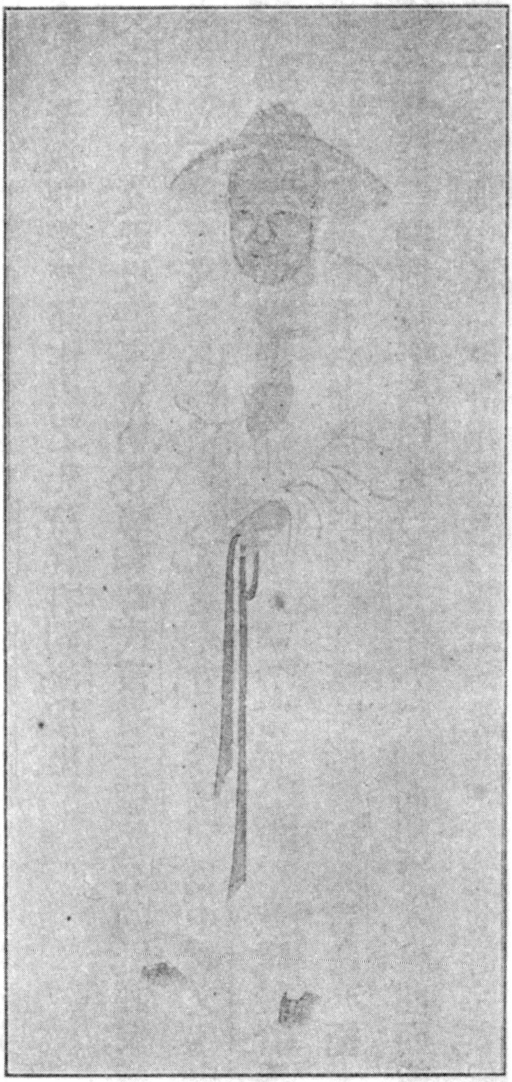
王士禎

成一家，編詞綜及明詩綜，又著經義考，俱爲當時很重要的著作。他的詞尤爲後人所宗式。

納蘭性德與秦清君爲清初兩個重要的『詞人，』而皆皆滿洲人。性德（一六五五—一六八五）字容若，爲明珠子，以清才著，其詞纏綿清惋，爲當代冠，著飲水詩詞集。秦清君爲清代女詩人之最著者，作東海漁歌。時人謂性德，泰清君之詞，爲『男中後主，女中淸照。』性德之摯友顧貞觀，亦以詞名，著彈指詞。同時有徐釚（一六三六——一七〇八）字電發，亦以詞名；著詞苑叢談，爲最重要的『詞話』集；

查愼行，陳維崧亦爲當時著名詩人。愼行字悔餘，號初白，海寧人，著有敬業堂集；維崧（一六二四——一六八二）字其年，號迦陵，宜興人，其詞與駢文殊有名於世，駢文氣度豪放，開後來諸作家之先路，著有湖海樓集。

金聖嘆以文藝批評家著稱。在這個時代，沒有一個著名的批評家，所可稱者，僅聖嘆一人而已。聖嘆本名張采，長洲人，有奇才，與徐渭同爲中國文學史上最奇特的人物。以科場失意，乃絕意進取，更名金喟，（又名人瑞）字聖嘆，擬着手取天下才子文遍評之，所評者有水滸，唐詩，西廂等，在當時影響極大，言論亦極大膽，言人所不敢言，不能言，頗有許多可以永傳者。文字亦犀利而能深入，紆曲而能盡情，如水雲之波蕩。但他中了當時評選時文之習氣過深，每把原文句評字贊，遷就己意，有如支解鱗割，反使讀者不能見原作之真意．這是他的大病，後來評家中此病者最多，皆爲衍他的緒餘者．入清，因事被官吏所殺．

參考書目

一．這個時代的傳奇，載於六十種曲中爲最多．六十種曲凡七十册，爲閱世道人編，汲古閣印行，今尚可得，亦有翻刻本；然無論原刻翻刻，木板俱甚模糊斷爛，初印完好本絕少見．

二．紅梅記有玉茗堂評刻本（不在六十種曲內．）

三．陸采的南西廂記，有暖紅室刊『西廂十則』本（不在六十種曲內．）

四．靈寶刀有萬曆間刊本（不在六十種曲內．）

五．史槃的夢磊記有墨憨齋傳奇定本十種本．

六．沈𤊹的綰春園等有原刊本．

七．馮猶龍的墨憨齋傳奇定本十種有原刻本．

八．阮大鋮的燕子箋，春燈謎有暖紅室刊本，又燕子箋，春燈謎，雙金榜，牟尼合四種有武進董氏刊本．

九．吳炳的畫中人等有原刊本．

十．范文若，薛旦諸人的劇本，俱有刊本，但都不甚易得．

十一．馬佶人的荷花蕩有暖紅室刊本．

十二．李玉的『一、人、永、占』四種曲，有原刊本，有乾隆翻刻本．

十三．朱素臣，周坦綸諸人的劇本，俱有刊本，但都不易得．

十四．吳偉業的秣陵春有武進董氏刻全集本．

十五．尤侗的鈞天樂有全集本．

十六．李漁的十種曲，刻本極多，亦有石印本，偷甲魚籃等六種曲，亦有金陵坊刻本，但不多見．

十七．盛明雜劇初集有武進董氏翻刻本，又有中國書店石印本．

十八．盛明雜劇二集，董氏已在刊印，尚未出版，原刊本不易得．

十九．雜劇新編有原刊本，不易得．

二十．四聲猿有暖紅室刊本．

二十一．通天台，臨春閣有梅村全集本．
二十二．尤侗的讀離騷等五種，有全集本．
二十三．楊愼之太和記等，未見，不知是否已佚．
二十四．明人文集俱有原刻或翻刻本，難得者不多．
二十五．吳偉業的梅村家刻稿，有武進董氏刻本．
二十六．錢謙益的初學集，有學集有鉛印本．
二十七．帶經堂集及曝書亭集刊本極多．
二十八．飲水詩詞有粵雅堂叢書本，有石印本．
二十九．秦淸君的東海漁歌，有木版排印本．
三十．淸初人詩文集俱有傳本，易得．
三十一．金喟評刊之水滸，西廂，俱甚易得，有石印，鉛印本，唐才子詩僅有木版本，然亦不難得．

第二十五章　十八世纪的英国文学

第二十五章　十八世紀的英國文學

一

十八世紀的英國文學，開始於大詩人蒲伯。蒲伯(Alexander Pope)生於一千六百八十八年，是當時一個最偉大的詩人，也是英國各時代最偉大的詩人之一。他的父親是一個富裕的麻布商人。當他出生之後，他父親便歇業移家於一個美麗的森林旁邊。這個小詩人在美景中長成；他的身材很矮小，然而他的天才却很偉大。他的詩才在孩提時卽已流露。他的教育的大部分是在牧師那里受來的。到了十六歲的時候，他的詩人的聲譽便傳遍於當時社會。以後他發表了一篇批評論(Essay on Criticism)，又發表了一篇鬈髮的被刦(The Rape of the Lock)，後者使他成爲當時諸詩人的領袖。他又譯了荷馬的大史詩依里亞特(Iliad)，這是一部異常成功的譯品，然對於原文却不甚忠實；中間蒲伯他自己增添了好些原文所沒有的詩句。他父親死後，他與母親遷住於特委金漢(Twickenhand)。他在文壇有了許多仇敵；他的性子本是易怒的，便做了一篇大刺諷詩但西亞(The Dunciad)以攻擊當時大的，小的詩人，便連彭特萊(Bentley)及狄孚(Defos)也被攻擊在內。這可算是一篇最利害的諷刺詩，在任何文學中都少有看見他的。最後的作品是人論(The Essay on Man)及擬賀拉士(The Imitation's of Horace)。他的身體很虛弱，這也許是他易激怒的原因之一。後來，他的病使他不能寫作，於一千七百四十四年五月死去。

在英國詩人中，他的詩僅次於莎士比亞而爲人所常常的引用(雖然常是誤引)。鬈髮的被刼出現於一七一四年，雖是他的初年作品，却充分的表白他的美整的詩才，有的人竟說，這是他最好的作品。此詩是一篇小史詩，凡五章，敍一個美麗的女郎的一束鬈髮被盜事，中有許多超自然的神蹤，顯出他的異常豐富的想像．但西亞的第一個完全本子出現於一七二九年．當時小詩人攻擊他的，諷刺他的文字極多，然至今，受了時間的淘汰，都一一的逐漸的消滅不見了，只有這位大詩人一篇的但西亞却永在着．人論的價值也是很高的，這使他在歐洲得了大榮譽．福祿特爾(Voltaire)及其他著名的人都熱烈的讚美牠．有人稱之為英國文學中最高貴的哲理詩．然他的真價值並不在此，乃在真切的動人的寫出平常人所想的人生大問題．

蒲　　伯

約翰·格(John Gay)是蒲伯的朋友中最可愛的人.他寫了不少喜劇及寓言,但乞丐的歌劇(The Beggar's Opera),使他著名.他死時葬於威士敏斯特教堂.

二

這是很有趣的,在英國,在十八世紀,十九世紀,及二十世紀的初期,雜誌的論文都非常的發達.於這三個時代中,愛迭生(Addison)及史狄爾(Steele)是最初出來的論文作家,且是最初使論文流傳於社會之中,使之進入日常生活中,使之爲多數

愛迭生

人所熟悉，所愉悅的。這時，雜誌報章極少，且其影響也極小；自史狄爾，及愛迭生的雜誌出來之後，普通社會才引起看報紙的興趣。相傳倫敦的貴婦人，每於曉妝時等待着要看愛迭生的旁觀報 (Spectators)。

史狄爾是這種新體的論文的創始者。他於一千六百七十二年，生於杜白林 (Dublin)。他與愛迭生是同學，兩個人的歲數，只相差二月。後來，他們在牛津大學裏，又是同學。史狄爾離開了大學而入軍隊。他寫了

勞琪爵士到禮拜堂　(C. R. Leslie 作)

他的第一本書基督教的英雄(The Christian Hero)，然而此書的道德與宗教的觀念並不能動人，後來又改而作劇本。這時，愛迭生的經驗，較之史狄爾為更好。愛迭生生於一千六百七十二年，初寫拉丁文的詩，後又作英文的詩。他的朋友們供給他款項，使他得到法國及意大利，認識了法國大作家鮑哇留(Eoileau)在一七〇二年由德國及荷蘭回到英國。後在愛爾蘭做一個貴族的祕書。在這個時候，史狄爾創辦的太特勞報(Tatler)出現了。(一七〇九年出版)這個報紙，每星期出版三次，立刻得了很大的成功。愛迭生開始為牠的一個投稿者；有不少最好的愛迭生的論文是

史狄爾

登在這個太特勞報上的後來此報因事突然的停版了.愛迭生與史狄爾商量再出一個報紙,便於一七一一年三月,開始出版了旁觀報(Spectator).這個報是每日發行一次.登在上面的文字,以勞琪爵士(Sir Rogen de Coverley)的一篇連續文爲最著名;這是一篇敍述的喜劇,論文式的故事,敍寫這個爵士的經歷與倫敦的種種瑣事及景色.這是一部很成功的作品,一部世界的名著.旁觀報停版後,他們又出保衛報(Guardian),然此後他們對於政治的興趣又漸漸的濃厚起來.愛迭生成了愛爾蘭的祕書長,史狄爾進了國會.他們二人的友情不幸於一七一八年破裂而不能再合.第二年(一七一九年),愛迭生卽死去,年僅四十七.他葬於威士敏斯特教堂.史狄爾較他的朋友後死了十年.

三

史惠夫特(Jonathan Swift)是英國文學中最偉大的名字之一,他的木桶的故事(Tale of a Tub)及高里佛遊記(Gulliver's Travels)是英國文學中最偉大的諷刺作品。史惠夫特雖被稱為『偉大的愛爾蘭之愛國者』，然他並不是愛爾蘭人；他的父母都是英人，他不過生於杜白林而已。他的父親很窮苦，死後更一無所遺，所以史惠夫特幼時便與貧苦相爭鬪。他初在杜白林的三一院（Trinity College）受教育，後來又到牛津大學讀書；後來他在他的一個親戚譚樸爵士（Sir W. Temple）那里做祕書，但這位爵士待遇他並不較勝於僕役。他自然是很生氣的。他曾出入於當時二大政黨，然所遇都不如意。他在愛爾蘭很著名，因為他繼續的反抗英國政府對待愛爾蘭的政策。他的晚年很悲慘，他憎惡一般人類。在他生命的最後二年，他心力似乎全失了，在二年之中，沒有說過一句話，好像什麼事也沒有感覺到。他死於一千七百四十五年。他曾與一個他名之為施特娜（Stella）的女子發生了一段很悲慘的戀愛。初見施特娜時，她僅是一個聰明美麗的幼女，後來成了婦人時，他卻真摯的懇切的戀愛着她。史惠夫特如天上的月的神祕，只有一面是向着世界的，這一面乃是冷酷的、諷刺的、憎恨的，至於其他一面卻除

高利弗遊記之一幕　(Willy Pogany 作)

了施特娃之外，沒有別的人看見過.然他們的戀愛並不是快活的.傳言他們已祕密結婚，然他除了有第三人在座外，卻永不曾與她獨自在一屋或談話.後來，她死了，他卻感到極深的悲切.他又與一個名叫凡妮莎(Vanessa)的女子戀愛，凡妮莎熱烈的愛他，然當他在凡妮莎與施特娃之間選擇一人時，他卻舍了凡妮莎而愛施特娃.

史惠夫特

史惠夫特是一個有威力的詩人，然他的散文使他更著名.從文學的立足點看來，木桶的故事是他一切作品中的最好的.據說他自己在晚年時，嘗自叫道：

『呵，上帝，當我寫那本書時，我是怎麼一個天才呀！』但高里弗游記卻爲一切讀者所更爲歡迎．他雖以鋒利的諷刺，寫出他的幻想的游歷，然少年的讀者卻爲他的有力而逼真的描寫所捉住，不覺得牠是幻想的，是諷刺的，只當牠是一部極有趣的童話或冒險故事讀．全書共包含四部，敘一個水手的游歷故事；第一部敘小人國(Lilli-put) 及牠的小人民的事；第二

施特婀與史惠夫特初見時不過一個小孩子，後竟爲他的生命劇中的偉大的悲劇人物．

部敍大人國(Brobdignag)及牠的龐大人民的事;第三部寫飛島,魔術島諸地的事;第四部敍霍因(Houyhnhnms)國的事;(在這個國裏馬是高貴而有知識的生物,人類卻是禽獸了.)在這第四部裏所寫的人類的情形,我們可以看出史惠夫特是如何的憎厭在他的周圍的人類.史惠夫特在他的書中,在他的生活中都顯出他的最低下處及最高超處.理性(十八世紀所知道的理性)在他身上是已自殺了.

四

狄孚(Danial Defoe)是英國小說的創始者.中世紀的傳奇及以前的小說,所敍的是神異的事跡,是非人間的故事,直至狄孚起來後,才把『小說』用來寫人間的故事.他於一千六百五十九年,生於倫敦.他的父親是一個屠者;當他是孩子時,米爾頓乃是他的隣居之一.他受到很好的教育,他父親欲使他成爲一個傳道者,然他志不在此.他後來開始著作,一直到了他的死時.他死於一千七百三十年,那時已是一個年齡很高的老人了.大家都記住狄孚是著名的魯濱孫飄流記的作家,忘記了他還有許多別的著作.在實際上,他竟著作了二百五十種書呢!小說除了魯濱孫飄流記之外,還有甲必丹傑克(Captain Jack)洛桑那(Roxana)等描寫那個時候的倫敦的平常生活.他還寫歷史與傳記,遊記與詩歌,政治論文與諷刺文等等.在他生活中有一個時期,他用

狄孚因作一政治論文而被判"頁枷示衆"(Eyre Crowe 作)

自己的手寫一種新聞紙，每星期三次。他掙得不少錢，但又都失去了；他的一生的大部分生活於惱擾的海中。他很熱心於政治，又勇於攻擊當時的政府；他作了不少諷刺的論文，因此，引起了許多的困惱，時時的被罰款，被囚禁。他的政治理想有好些是值得讚賞的，如農業銀行以及國家救窮等等近代的制度，在他的著作時，都已預示了出來。

狄孚的魯濱孫飄流記出版時，他年齡已近六十。這個名作的題材是取之於一九〇四年時，一個水手西爾考克(Alexander Selkirk)的四個月住在弗南地茲(Juan Fernandez)島上的孤獨生活的經驗。魯濱孫的性格，有些像狄孚他自己的性格——勤勉，不畏屈，勇敢，敬信上帝。魯濱孫飄流記並沒有什麽神祕的，超人間的，或滑稽的地方。牠與天路歷程一樣，是以最簡樸的，不雕飾的筆寫下的；而作者的描寫力卻極可驚，能吸引住無論老幼的無數的讀者。他作成這部小說，要拿去找一個出版家去印行，尋遍了許多家的出版公司，卻都被他們所拒絕。後來，終於得到一個青年出版家為之印行立刻得到了極大的成功；在四月出版，在八月已經有了第四版了。至於每個老婦人都有了這部小說，把牠與天路歷程等放在一處，不久，又被譯成無數國的文字，中國也有了譯本，便連在沙漠中的阿刺伯人也有了機會去讀此書。此書的大成功，不全在於事實的奇異，乃在於描寫的逼真；如一個真實的人在描述他的真實的經歷給你聽，他的說話，句句都是實在的活的人的說話。實在的，狄孚的大成功，乃在『創造真實』他的倫敦大疫記（Journal of the Plague Year）完全是小說，然當出版時，卻被讀者認為事實，歷史家們也竟引之為實事的記載。實則當大疫之年，狄孚不過是一個五歲的孩子。

魯濱孫飄流記可以說是一部最早的寫實的小說；而在他的一個騎士的行述（Memoirs of a Cavalier），狄孚又創造歷史小說，在那里，真實的與想像的人物同時被引進，後來的大作家史格得（W. Scott）及大仲馬（A. Dumas）都是用這個方法來寫他們的歷史小說。狄孚的小說共有六部，都是很成功的。

狄孚雖然於小說有大成功，然英國近代小說的創始，卻不得不推出版於一七四〇年的李查得孫(Samuel Richardson)的巴米拉(Pamela or Virtue Rewarded)．小說的誦讀，在那時的英國道德家眼中看來是一件不好的事，然巴米拉卻是一部以道德教人的小說．李查得孫原是一個道德家．約翰生 (Johnson) 說他指導『熱情在道德的命令底下活動』．李查得孫生於一千六百八十九年．十一歲時卽能寫信．十七歲時爲一家印刷店的學徒．但他下筆寫巴米拉時，年已五十．巴米拉是這部小說的女主人翁，是一個天真的，忠厚的村女，被她的淫佚的主人所引誘，最後却得到勝利，做了他的妻子．繼於巴米拉之後而寫的是卡拉麗莎 (Clarissa)，或名一個少婦的經歷，出版於一七四八年，再繼於其後的是格藍狄孫爵士的歷史(History of Sir Charles Grandison)，出版於一七五三至一七五四年．李查得孫是當時中產階級的倫敦人的代表，道德觀念偏而狹小．他怕懼自由思想家；在他的小說中，卽最壞的惡人也不寫成一個宗教的反抗者．他的故事俱以尺牘的體裁寫出，這比魯濱孫飄流記之用自敍傳的文法更容易表現出他的人物們的心理。他的小說在民治觀念的發達上也很影響。在十八世紀的時候，乃竟以一個女僕爲小說中的女主人翁，這實可使人打破階級的觀念。巴米拉與卡拉麗莎都譯成了法文，在歐洲大陸有很大的勢力。狄特洛（Diderot），一個十八世紀的法國大哲學家，他以李查得孫爲足以擠列於摩西，荷馬，優里辟特及莎福克里士。史的爾夫人（Mme de Staël）及盧騷都熱烈的稱讚他。盧騷的新埃羅以斯（La Nouvell Héloïse）且是以卡拉麗莎爲模範的。後來，法國詩人繆塞（Alfred de Musset）竟宣稱卡拉麗莎爲世界上最偉大的小說。還有一段很有趣的故事。史的爾夫人特特的從巴黎旅行到倫敦來，欲臨哭於李查得孫的墓。她住於金十字旅館，第二天早晨，人家卻見她在別一個李查得孫的墓上哭得很悲切，而這個李查得孫卻是一個與文藝一無因緣的屠夫。

如李查得孫是給英國以最初的近代的小說，那末費爾丁（Henry Fielding），便給小說以文學上的超越地位．當費爾丁開始寫作時，他已得到他的時代的生活的完備知識他親身與各種各樣的人接觸，他自已也是一個典型的英國人．他生於一千七百〇七年．在一七二七年到倫敦來．有幾年，他從寫作劇本得些生活費．他父親給他的錢不多，他的生活很困苦，結婚後，仍不能改變他的向日生活．他的第一部小說約賽夫·安特留（Joseph Andrews）出版於一七四二年，他從出版家那里得到八十三鎊十一仙令的報酬．第二年又出版了大約那生·維爾特的歷史（The History of the Late Mr. Jonathan Wild the Great）．一七四九年出版了湯姆·瓊士（Tom Jones），一七五一年出版了阿米麗加（Amelia）．他嘗做了法官，寫過很有價值的小册子．因爲身體病了，辭職到里斯奔（Lisbon）去在一七五四年八月到了這個地方，隔了二月，死於此．

李查得孫的小說是爲婦人寫的．費爾丁的小說是爲男人寫的．李查得孫是一個感情主義者，費爾丁是一個寫實主義者．這兩個作家恰是相反的．一般批評家都讚許費爾丁的天才。大歷史家琪彭(Gibbon)曾有一個很有趣的預言，他說湯姆·瓊士的生命將超過依士丘萊(Escurial)的宮殿及奧大利的皇鷹。果然，依士丘萊在一八七二年半毀於火，而奧大利的皇鷹也於一九一八年變了塵土，而世界卻仍在讀着湯姆·瓊士。

史托痕(Laurence Sterne)的名著特里斯特蘭·桑台(Tristram Shandy)也爲不下於湯姆·瓊士之作。史托痕於一千七百十三年生於愛爾蘭。十八歲時，以親戚的幫忙，進了劍橋大學。特里斯特蘭·桑台的第一二卷出版於一七五九年，立刻使史托痕成了著名的人，其後在一七六一年，一七六二年

史托痕

及一七六五年時，又出了幾卷。這部書結構不大好，有人評之爲『簡直非一部敍述的文字』然牠究竟是英國大滑稽家之一的作品，所描寫的托倍叔父(Uncle Toby) 也是一個不朽的人物中之一。特里斯特蘭·桑台的目的原欲寫特里斯特蘭·桑台的生平，然結果卻不同，在開始眞實的英雄是桑台前輩。然寫到後來，托倍叔父竟成了書中的英雄。卡萊爾 (Carlyle) 比史特痕於西萬提司別的作家又比他於拉倍爾。然不喜歡他的人也不少。一七六五年，史托痕作意大利及法國的長旅行，結果產生了他的著名的感情的旅行(Sentimental Journey)。這部書出版於一七六八年，出版後三天，他便死了。

史摩勒特(Tobias Smollett)生於一千七百二十一年而死於一千七百七十一年；他也與費爾丁一樣，是死於國外的。他初爲醫生，服務於海軍，直至於一七四四年。娶了親後，自己掛牌做醫生。但結果卻失敗了。他的蘭頓的經歷(The Adventures of Roderick Random)出版於一七四八年，辟克爾 (P. Pickle) 的經歷出版於一七四九年，菲狄南 (Ferdinand) 的經歷出版於一七五三年，葛萊夫(Sir L. Greaves)的經歷出版於一七六二年，克林考的旅行(The Expedition of Humphrey Clinker) 出版於一七七一年．在這些小說之外，史摩勒特還作劇本，遊記，詩歌，醫學論文及一部英國史．他的蘭頓的經歷是有些受法國賽格(Le Sage)的影響的．辟克爾的經驗有許多地方與蘭頓的經歷相似，而更爲自敍傳的．史格得以爲史摩勒特的最可愛的小說是克林考的旅行．這是一部用尺牘體作成的小說，其敍寫使批評家都很稱許．

在這時候，女小說家之著名者有拉克里夫夫人(Mrs. Radcliffe)，她是烏杜爾福的神祕(The Mysteries of Udolpho)的作者，她還作了別的故事．史格得很稱許她，近代的中篇小說(Novelette)的體裁也是甚受她的影響的．她所寫的是人生的夜的一面，是恐怖的情感——無論是天然的危險或迷信的暗示所引起的．她的敍述能使人血爲之冷．這是她的作品特長之點．

五

繼蒲伯之後的詩人有查托登(Thomas Chatterton),他是英國詩史上極悲慘的人物之一.他生於一千七百五十二年;他的家庭有好幾代是禮拜堂的司禱人.到查托登之時,他的叔父在接做這個職務.查托登在幼童時常從他叔父那里聞得武士們與僧侶們的故事,這些人的墓都還在禮拜堂中.他是一個孤寂的早熟的童子,

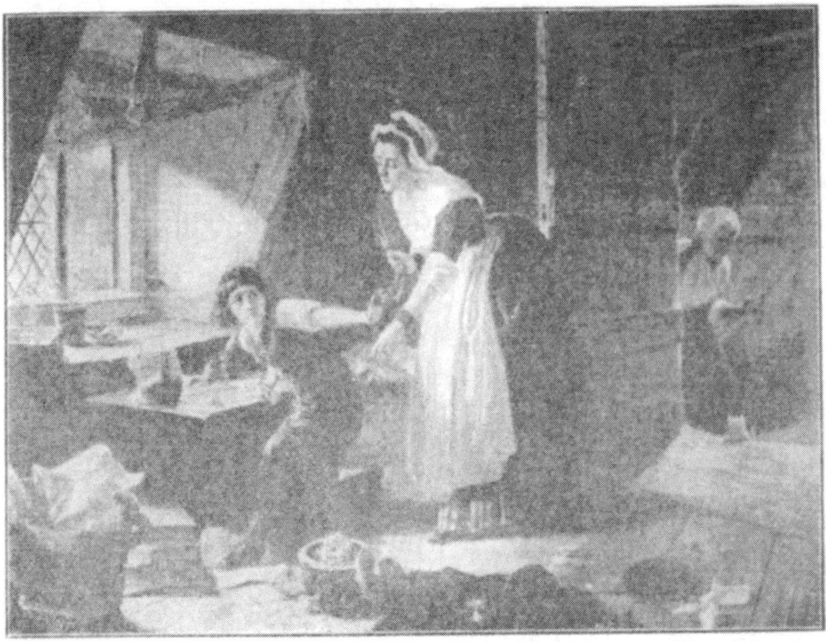

查托登　十八世紀的奇異的詩童.(Mrs. E. M. Ward 作)

在十二歲之前已會寫聰明的諷刺詩.他苦志的研究古代的文稿,與他對中世紀英國的奇異知識,使他能寫作一種奇異的古英文.這個兒童詩人知道,如果他用自己名字出版他的詩集,將無人讀他們.於是他想出了一個方法.他假說他的詩集真是洛萊(Thomas Rowley),一個十五世紀的教士詩人所作的,並說他在一個箱中發現了這個稿本.他寫信給瓦爾甫(H. Walpole)謀出版這個詩集.瓦爾甫最初對之是很有興

查托登之死

趣.除了幾個人外,一般人也都相信這實是古代詩人所作的,因爲他們都以爲十幾歲的人怎麽會作如此的詩呢?但後來查托登托他在倫敦謀事時,他卻發現了這個詩集實是近代的,是這個兒童詩人自己的著作.瓦爾甫便冷淡的勸告他先求幸福,後再做詩.一千七百七十年的春天,查托登抱着很大的希望到倫敦來.有好幾個月,他以投稿做報章上的政治的短文爲生.在十八世紀時,這種工作的報酬是極薄的;查托登每做一篇短文,只得到一個仙令.至於詩呢,還不到十八個辨士,他異常的失望,又太驕傲了,不願求人幫助或回轉家中,於是他於一七七〇年的八月二十四日,悄悄的購了信石,服毒而自殺.他的稿紙撕碎於地上.這時,他只有十七歲另九個月.他的實在的成功是沒有什麽大價值,然而他的天才是誰都承認的.只要他的生活較好,他不早夭,則他的成就的偉大是可斷言的.他的詩最美麗的幾段是在阿拉(Aella)中的歌者之曲,茲譯其首四段如下.

唉,唱我的重疊曲呀;

唉，偕我落着淚呀；
不要再在放假日跳舞，
如一個流着的河水一樣了；
我的愛死了，
到他的死牀去，
在那柳樹之下．

他的髮如冬之夜的黑，
他的頸如夏之雪的白，
他的臉如晨光之紅，
他現在冷冷的躺在下面的墓中：
我的愛死了，

到他的死牀上去，
在那柳樹之下。

他的口音如畫眉的歌調，
他跳舞之快捷可比得上思想；
他的手鼓整齊，手棒粗大；
唉，他現在是躺在柳樹之旁了。
我的愛死了，
到他的死牀上去，
在那柳樹之下。

聽呀！烏鴉在拍他的翼，

在下面多荆棘的谷中；
聽呀！死鵑高聲的唱歌着呢，
當他們到夢魘中之時。
我的愛死了，
到他的死牀上去，
在那柳樹之下。

格萊(Thomas Gray)生於一千七百十六年，他的母親是一個製造女衣飾者，然能送她兒子入劍橋大學。後來格萊在這個大學裏做了近代史的教授。格萊是第一流的學者。他所作的詩非常的少，沒有一個人曾進入詩人之羣而手裏拿着如他之小的詩本的。如果依普通的意見，這本小詩集中還僅只有一首詩，即墓地詩(The Elegy Written in a Country Churchyard)。此詩是得着極高的聲譽的。然此外，實未嘗無好詩。他與柯林(William Collin)都是反抗模擬蒲伯的雕飾的作風的小詩人們的．柯林生於一千七百二十一年，他的詩以黃昏歌(Ode to Evening)爲最著名．

湯麥孫(James Thomason)也是反抗當時以瓦爾甫(H. Walpole)爲首領的雕飾的詩風的．他的四季(The Seasons)眞樸而不染當時的風習；他的懶惰之堡(The Castle of Indolence)費了十五年的工夫去寫，算是他的最完美的詩篇．他是一個蘇格蘭人，生於一七〇〇年，受教育於愛丁堡大學．初欲爲教會服務，後乃決意至倫敦爲一個詩人．四季的第一部冬，出版於一七二六年，四年後，

格萊 (J. G. Eccardt 作)

全詩才告成。他還寫些劇本，然他們俱已被忘記。他的詩是後來史格得及華茲華士(Wordsworth)諸人的先驅者。

考卜(William Cowper)生於一千七百三十一年，被稱爲湯麥孫與華茲華士間的連鎖者；他棄去蒲伯的雕飾之作風，而歌詠大自然的美景。他生活於最沈靜的鄉村生活中；他愛小孩，猫，兔與花；然而他所愛的自然却只愛其外形，未必感覺到物的神祕的生命與精神，如華茲華士之所感覺到者。然考卜的詩，自有一種真樸的美，使之溫和而有生氣。他的詠他母親的遺照一詩尤爲動人。他曾犯神經昏亂病，關在醫院中一時；愈後，很信仰宗教，却又時時使他困惱；宗教有時安慰他，有時又使他絕望。但考卜雖爲最悲苦的詩人之一，他却也有時是快樂的時候。

六

克拉蒲(George Crabbe)生於一千七百五十四年。他的詩是模倣蒲伯的，然較其他模倣者爲近於自然。所以論者以他爲雕飾派與自然派間的連鎖者十八世紀中葉的英國文壇是約翰生(Samuel Johnson)的時代。他是他的時代的最偉大的文人。他沒有葆爾克(Burke)高爾斯密(Goldsmith)琪彭(Gibbon)諸人的天才，然而他的人格，他的影響，却使他成爲當時文人的領袖。約翰生生於一千七百〇九年，他的父親是一個書賈。他亦學爲書店事業，且能自己裝訂書本。然他對於他父親很少幫助，因他以讀書來代替賣書。後來，他到牛津大學讀書。二十六歲時娶了一個比他年齡長二十歲的寡婦爲婦，她帶了一千鎊來。他在倫敦。極爲貧困，曾作一詩倫敦，所得報酬極少。他爲書賈作評論，序文，及翻譯；又投稿於英國第一個月刊紳士雜誌(Gentleman's Magazine)。然他雖然工作不息，而所得仍極少，甚至有時終夜在街上流浪而不能求一夜的安眠。他的勇敢的心，不因此而稍受打擊，仍努力的做去。自一千七百四十七年至一千七百

約翰生

五十六年，他的著名的字典(Dictionary)完功了，又在這個時候，寫成了一部好像小說的散文著作拉賽賴士(Rasselas)．說來可憐，他寫拉賽賴士乃是因爲欲籌得他母親的葬費呢．他的苦作本不是沒有成功，他的天才終於爲當時一班最好的文人所承認，而成了他們的領袖，英王也每年送他年俸三百鎊．他的生活自此較爲安逸，又到國外遊歷．他以七十五歲

約翰生．高爾斯密士及鮑斯威爾．(Eyse Crowe 作)

的高年，死於倫敦．他是一個奇怪的人；他的相貌很醜，常受侮而傲慢不屈，也不屑求權貴的幫助，且還嘗拒絕過他們．他自己雖窮，而家中常養活幾個孤苦的婦人．他善談論，在辨難時從不爲他人所屈服．他所寫的最好的書是希白里特遊記（Tour to the Hebrides）及詩人傳（Lives of the Poets），這些都是他在處境寬裕時所作的．

高爾斯密士（Oliver Goldsmith）是約翰生的朋友，他少於約翰生十九歲（他生於一千七百二十八年．）他的父親是愛爾蘭的一個窮苦的副牧師．一七四五年，高爾斯密士進了杜白林的三一院．他爲欲得小款，寫些『街歌』（Street Ballads）去賣，每首得五個仙令．後來又到愛丁堡去學醫．一七五四年，他到國外去遊歷，二年後才回來，儲蓄了十年後所出版的著名的『旅客』（The Traveller）的材料．他回國時，衣袋中連一個辨士也沒有．不久，他爲一個出版家所僱用．這時是著作者最苦的時期；爲文人東道主的貴族既已過去，公衆又沒有來．他的第一部成功之作品是世界的國民，(The Citizen of the World)敘一個中國的學者遊歷倫敦，給他北京的朋友許多信，講到他的倫敦及英國生活的印象。其實這個中國學者的意見，便是他自己的意見。此後，高爾斯密士的生活漸漸的好了；約翰生與他成了很親密的朋友。一七六四年，他幾因欠租而被捕，虧得約翰生立刻來解這個圍，並介紹他的小說威克菲爾牧師傳(The Vicar of Wakefield)賣給一個出版家，得了六十鎊，而以一部分付清了房租。威克菲爾牧師傳不僅感動英國人，且感動了德國人與法國人。他還

高爾斯密士

寫了幾篇喜劇，如好心人(Good Natured Man)及卑謙求勝(She Stoops to Conquer)．他的詩歌也極著名，旅客及荒村 (Deserted Village) 使他成了一個不朽的詩人．旅客記述他旅行時所見的各國的景色及風俗，敍寫得很可愛．荒村是一篇非常柔和美麗的詩，敍一個旅客回歸了故鄉，而這個鄉村却已荒蕪了．他在村中漫遊，回憶以前的一切的花園，住屋，學校等，都毀廢了；當他發見了他的想在他出生的故村中消遣黃昏的希望不能實現時，他心中充滿了悲感．高爾斯密士的作品，無論小說，劇本或詩歌都真樸可愛，流麗明白．他的最後六年的生活，已不如前之窮苦，但也並不見得富裕．他是約翰生所創立的文學會中最爲朋友們所愛的人．他死於一七七四年四月．他的死耗傳出時，朋友們都很悲傷，葆爾克竟哭了．

葆爾克(Edmund Burke)是約翰生文會中最偉大的人物．他是一個政治思想家，以文學來裝飾他的演說與著作．他的美洲收稅演說(Speech on American Taxation)，解仇演說(Speech on Conciliation with American)等作，不僅與當時政治很有關係，不僅他的見解，異常的高超，卽他的文字也是散文中最不易得的美麗的文字。論者謂他是以第一流的詩人的想像應用在人生的事業上。他的法國革命的感想，(Reflections on the French Revolution) 也使我們讚美。

藤爾克

李查得孫及琪彭也是約翰生文會中的人物，還有第一流的女小說家蒲爾耐 (Fanny Burney) 也是受約翰生的鼓勵的。她後來成了亞白萊夫人 (Madame d'Arblay)她的小說依文里那(Evelina),出版於一七七八年,立刻得了大成功.但她的以後的幾部小說却沒有同樣的風行.她的日記與尺牘(Diary and Letters)是一部記載那個時代的佐治第三宮庭及約翰生文會的事的很好的書.

琪彭(Edward Gibbon)生於一千七百三十七年.他受教育於牛津大學.後到瑞士去一次,回後,在軍隊中服務.一七六四年,他旅行到羅馬;這個古城的遊歷,使他決心去寫不朽的大箸羅馬興亡史(Decline and Fall of the Roman Empire). 這部著作,費了他十三年之久的工夫.此書的出版,使他立刻受無數人的讚頌,連他的同時大歷史家休謨(Hume)洛保孫(W. Robert-

琪彭

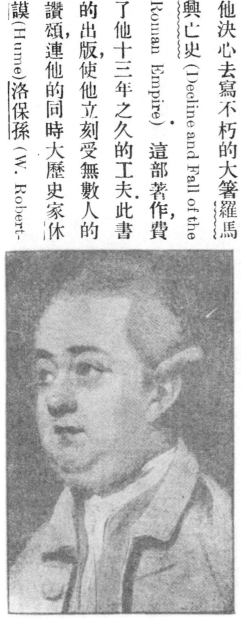

son）諸人也在內．此書所包範圍甚廣，自安東尼（The Antonines）的偉大時代起，直敍到君士坦丁堡爲土耳其人所攻下止．每至敍到戰事的地方便是敍述最活躍的地方．

休謨（David Hume）生於一七一一年，是當時的大歷史家及大哲學家；他的大著是人性論（Treatise on Human Nature）及英吉利

羅馬公會所之廢址

此廢址爲古昔羅馬人之市場及聚會處．一七六五年琪彭見了這些廢址，感到羅馬帝國之偉大，遂作了羅馬帝國興亡史．

史.洛保孫(William Robertson)生於一七二一年,以所作三大史書著名於世,此三書卽梅麗及琪姆第四時代的蘇格蘭史查利第五時代史及美洲發見史同時的散文作家還有亞當・斯密(Adam Smith)作原富(The Wealth of Nations);瓦爾甫(Horace Walpole)及查斯特菲爾(Lord Chasterfield)的尺牘集也是著名的書.但本書不能詳細的敍述他們.

鮑斯惠爾(James Boswell)也是約翰生的密友,以作約翰生傳著名,在這個傳中,鮑斯惠爾把文會中的幾個重要的作家都活躍的寫在紙上,是一部很重要的傳記.他的風格,清潔樸實.與約翰生同遊希白里特記(Journal of a Tour to the Hebrides with S. Johnson)一書也很可使讀者稱許.

七

十八世紀的英國作家中,還有一個偉大的鄉村作家惠特(Gilbert White),他生於一千七百二十年.他的一部使他本鄉著名的小書,直至六十八歲的時候才出版.他受過高等教育,在本鄉爲牧師.一七六七年,他開始寫西爾奔的自然史(Natural History of Selborne),是給他一個相識的自然學家的書信,其初並不想付印.其敍述非常的自然而率眞,並不像他人之誇寫得過度.

一七六九年正月至一七七二年正月,在一個報紙上登載了好些攻擊英王及政府的公開的信,文學史上稱之爲求尼尺牘(Letters of Junius);這些尺牘的作者,初未能明,或以爲葆爾克,或以爲瓦爾甫,或以爲琪彭等等,其後乃相信是法朗西士(Sir P. Francis)所作的.這些尺牘的有力的責備,幾可與史惠夫特的激烈的諷刺相比.

八

葆痕士(Robert Burns)是英國最偉大的詩人之一,生於一千七百五十九年.論者稱之爲『蘇格蘭的莎士比亞』.他父親有小小的田產.葆痕士所受的學校教育的時候很短,因爲他父親要叫他在家幫助他做農工.然他非常用功,能於所得到的很少的書中求到知識．當他跟在犂田器後口裏吹嘯着時，一面却想念到自然界及牠的美麗，想念到愛情及牠的溫柔的情緒，漸漸的把他們形成爲文字及韻律，正合於他所吹嘯着的調子．因此，他的詩的最初努力便是作歌．當他的心胸更廣拓時，他對於農夫的生活却感得厭倦而不喜歡，最後竟絕對的不能忍耐了．他憎惡一切圍繞他的東西，便決意離開了蘇格蘭到西印度去．他想籌備船費，便集了他的詩去出版．這部詩集一出版，立刻得了許多錢，且得了大聲譽．因此，他便打消

葆痕士

藻痕上之生屋,現尚保存着,時時有遊客至此憑弔.

了去國的念頭。有許多人請他到愛丁堡去,受熱烈的歡迎。以後,他做了徵收國產稅員。這個職務與他極有害,因他原是喜歡喝酒的,而這個職務却使他得有許多機會去喝酒。還有許多人時時請他宴會。在實際上,這些都是助他到墳墓中去的。一千七百九十六年正月的一夜,他受了涼,就此不起。享年三十七,遺下一妻六子,在貧苦中生活。他的詩差不多都是用蘇格蘭語寫的,其中最長而且最好的詩是泰摩(Tam O'Shanter)。所敘的是:泰摩與他的朋友歡宴後,騎馬回家。夜是黑漆如墨.他經過一座荒廢的教堂,那里却燭火明亮.原來有許多女巫在那里歡樂跳舞.泰摩停馬而觀,很喜歡他們的跳舞,最後,竟歡呼起來.女巫們因被發見而大怒了.他們要去捉他.泰摩飛奔的逃命.女巫漸漸的追近了.他上了一座橋,最先追到的女巫已抓住馬尾了.然他終於得逃走,因女巫們是不能走過橋頂的.快樂的乞丐們(Jolly Beggars) 也是很著名的.我們在他的較短的詩中,見出他的溫和而富於同情的性情,對於一隻傷兔,或犂頭爬翻了鼠穴或雛菊,他都是很傷感的.他尤以抒情詩

馬麗

藻痕上著名的詩篇『馬麗在天上』中之主人翁.

桑摩 (John Burnet 作)

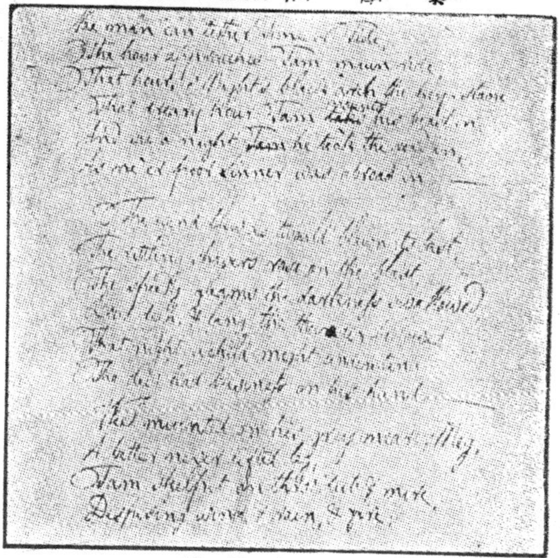

桑摩之原稿

霍格

人著名。他的歌所詠的是戀愛，愛國，與歡樂。他把人類心中的情緒微妙的動人的表白在他的詩中，如清絃之撥動，如明月之夜的洞簫的弄響，如百靈鳥在陽光照着的曠空中歌唱。

霍格 (James Hogg) 也是當時的一個抒情詩人，他與葆痕士之由農夫出身一樣，最初是一個牧童。他著名的詩是女皇的足跡 (The Queen's Wake)，他的抒情詩雲雀 (Skylark) 也是無人不讀的。他死於一千八百三十五年。

勃萊克（William Blake）於一七五七年生於倫敦。他的父親是開布店的。他並不留心於包紮領巾與襪，却常在發票之背面畫着畫兒，寫着詩句。在他的少年時，他已時時得到靈感，見到種種的幻像——他看見上帝由一個窗中伸出頭來，天使棲於一株樹上，先知者依賽結（Ezekid）坐在綠蔭之下。他父親見他那樣的喜歡藝術，便把他送到一個木雕家那裏做學徒，那時他是十四歲。一七八二年，他娶了一個侍女，她一個字也不認識，却是一個好內助。此後，他被詩人海萊（Hayley）所

勃萊克 (Phillips 作)

他是一個詩人，又是一個畫家。

罷，爲他的考卜傳作插圖，在那裏住了三年，常於黃昏時走到海岸，幻見了摩西與但丁，幻見了仙人的葬禮。他的幻象一年年的增見鬼往樓下走，海蛇扭曲着，許多魚在吃着屍體，等等。他的詩，有時是粗獷的，有時却具着最溫柔的美，使人們第一

利查第三與被他所殺者的鬼。（勃萊克的作品之一）當勃萊克十四歲時，他爲一個名雕刻家的學徒。在他的藝術上，與在他的詩歌上一樣，他表明他自己爲一個神祕者，一個詩人，一個常見幻景的人。

次窺見一個傳奇的王國，如後來雪萊與濟慈之所寫的他的第一部詩集詩的雜記(Poetical Sketches)出版於一七八三年；他的天真與經驗的歌(Songs of Innocence and Experience)繼之而出，都是風格柔和而音調諧樸的，如一滴露水那

死的門
勃萊克所作的畫之一。

樣的淸瑩。在他的詩集的每一頁中，都有音樂的美，如他的搖籃歌(Cradle Song)：

睡吧，睡吧，在睡裏，

小憂愁坐在那裏哭着。

原文：Sleep! Sleep! In thy sleep

Little Sorrows sit and weep.

他的生活如他的詩一樣的忠實。他生於窮苦，死於窮苦，却並不怨恨。他和他的妻，常住在倫敦或其附近。他死於一八二八年，留下一大堆的畫稿，據說還有一百册的詩稿，現在這些都散失了。

參考書目

一．對英國文學爲一般的研究，可讀劍橋大學出版部出版的劍橋英國文學史(The Cambridge History of English Literature)，共十四册。

二．蒲伯的詩集，麥美倫公司(MacMillan)有出版，蒲伯的批評論，有柯林(J. C. Collins)編的一本，亦麥美倫出版。

三．麥美倫公司出版的『英國文人』叢書(English Men of Letters Series)中，有蒲伯(Pope)一册，爲史特芬(Sir Leslie Stephen)所著。

四．約翰·格(John Gay)的乞丐的歌劇，有馬丁·謝甲(Martin Secker)公司出版的一本。

五．史狄爾的著作，現在最流行的本子有下列三種：(一)太特勞報，旁觀報，保衞報選粹，(Selections from the Tatler, Spectator, and Guardian)，爲杜卜生(A. Dobson)所編，牛津大學出版部刊行。(二)論文集，(Essays)爲 L. E. Steele 編，麥美倫公司出版。(三)史狄爾劇本全集(The Complete Plays of Richard Steele)在菲蕭·思文(T. Fisher Unwin)出版的"Mermaid"叢書中。

六．愛迭生的全集共六册，有赫特(Bishop Hurd)的註釋，在彭氏叢書(Bohn's Library)中。(Bell 公司出版)

七．旁觀報，共四册，在鄧特公司(Dent)出版的萬人叢書中。

八．麥美倫公司出版的『英國文人』叢書中，有愛迭生一册，爲考索甫(W. J. Courthope)所作。

九．史惠夫特的高里弗游記在萬人叢書中．又木桶的故事書之戰爭(The Battle of the Books)等，合爲一册，亦在萬人叢書中．

十．『英國文人』叢書中，有史惠夫特一册，爲史特芬(L. Stephen)所作．

十一．英國小說的啓源，可參考桑次保萊教授(G. Saintsburg)著的英國的小說．(鄧特公司出版)

十二．狄孚的魯濱孫飄流記，甲必丹辛格里登（Captain Singleton）一個騎士的行述，及倫敦大疫記等，萬人叢書中俱有之．

十三．明托（W. Minto）著的狄孚在『英國文人』叢書中．

十四．費爾丁的湯姆・瓊士，（二册，）阿美里亞（二册，）及約賽夫・安特留（一册）皆在倍爾公司出版的彭氏通俗叢書(Bohn's Popular Library)中．

十五．費爾丁，杜卜生(A. Dobson)著，在『英國文人』叢書中．

十六．李查得孫的巴米拉，克拉麗莎等，洛特萊格公司(Messrs. Routledge)俱有出版．

十七．史摩勒特(Smollett)的重要作品，洛特萊格公司也俱有得出版．

十八. 奧斯丁 (Jane Austen) 的著作版本極多，麥美倫公司出版的一部是很好的，愛麥曼斯菲爾園，驕傲與偏執，感覺與感覺性，勸說等都已在內。

十九.『英國文人』叢書中有考卜克拉甫 (Crabbe)，格萊湯摩生數冊。

二十. 考卜克拉甫，格萊，柯林諸人的作品在牛津大學出版部刊行的牛津標準作家(Oxford Standard Authors) 及牛津詩人 (Oxford Poets) 二叢書中有之。

二十一. 鮑斯惠爾 (Boswell) 的約翰生傳 (Life of Johnson)，牛津大學出版部刊的一部共六册，在萬人叢書中的一部共二册。

二十二.『英國文人』叢書中有約翰生一册爲史特勞作。

二十三. 約翰生的英國詩人傳 (Life of the English Poets) 共二册，在牛津大學出版部發行的世界名著 (World Classics) 叢書中。

二十四. 高爾斯密士的威克菲牧師傳在萬人叢書中。

二十五. 高爾斯密士的詩與劇本共一册，亦在萬人叢書中。

二十六．白拉克（W. Black）著的高爾斯密士在『英國文人』叢書中．

二十七．葆爾克（Burke）的法國革命的感想等在萬人叢書中．

二十八．葆爾克莫萊（Viscount Morley）著，在『英國文人』叢書中．

二十九．蒲爾耐（F. Burney）的依文里那（Evelina）在萬人叢書中有之．

三十．琪彭的羅馬興亡史版本極多，萬人叢書中的一部，凡六冊．

三十一．琪彭傳（Life of Gibbon）莫里孫（G. C. Morison）作，麥美倫公司出版．

三十二．查斯特菲爾（Chesterfield）的給他兒子的信扎共二冊，繆西恩公司（Methuen）出版．

三十三．休謨的人性論，共二冊，萬人叢書中有之．又他的論文集，牛津大學出版部的世界名著中有之．

三十四．瓦爾市（H. Walpole）的尺牘選在 Cassell 的國家叢書（National Library）中．

三十五．亞當·斯密的原富，共二冊，在世界名箸中．

三十六．鮑斯惠爾的與約翰生同遊希白里特記，在萬人叢書中有之．

三十七．惠特的西爾奔的自然史有萬人叢書本

三十八．『求尼』的尺牘共一册，洛特萊格（Routledge）公司出版．

三十九．葆痕士（Burns）的詩集，版本極多，不能遍舉．

四十．批評葆痕士的文字，可舉卡萊爾（Carlyle）的論文爲例．

四十一．霍格的詩集，爲瓦拉士（W. Wallace）所編，辟特門公司（Pitman）出版．

四十二．勃萊克的天眞的歌及其他（Songs of Innocence and Other Poems）有牛津大學出版部的"Oxford Moment Series"本．

四十三．勃萊克詩集（Poetical Works）在倍爾公司出版的彭氏通俗叢書中，附有羅賽底（W. M. Rossetti）寫的一篇紀念文．

第二十六章　十八世纪的法国文学

第二十六章　十八世紀的法國文學

一

法蘭西經了路易第十五的長久的統治，很可憐的爲酷政及重稅所苦；他沒有他曾祖父的統治能力却有他的一切壞處。對於窮人沒有公道，人民言論也不自由，貴族們已失了他們的對於文藝的興趣，教堂也放棄了他們的神的使命，軍隊是挨着飢餓，因此，十七世紀所得的許多勝利，跟着的是十八世紀的常常的失敗。在這種空氣之中，反抗的文學乃崛然而起。這個文學開始於孟德斯鳩（Montesquieu）（一六八九——一七五五）的波斯尺牘（Letters Persanes），這部書是一集托名爲一個波斯人遊歷巴黎時所寫的尺牘。這些尺牘，機警的描寫着法國生活的腐敗，而時時提示出應有更滿人意的政府。孟德斯鳩還有一部更重要的著作，卽法意但在文學上不算重要。

福祿特爾(Voltaire)年幼於孟德斯鳩五歲。他的眞姓名是法朗哥士·阿洛依特 (François Arouet)，他於一千六百九十四年生於巴黎。他的父親是一個富有的書吏，他的教育是在耶穌教會中受的。他的學生時代是不守分的。他的早年成績之一是寫了一首詩，詩中竟稱摩西爲一個欺詐者。他和他父親不和，被他的教父介紹入巴黎的淫奢社會，那時是奧林士(Orleans)公爵代路易十五攝政的時代。福祿特爾開始他的文學工作，寫些諷刺詩，這使他於一千七百十六年被捕入巴士提爾(the Bastille)監獄，監禁了一年。以後的六年，他都在歐洲遊歷，走遍了半個歐洲。一千七百二十五年，他又到巴士提爾監獄中了，這一次是因爲他與一個有勢力的公爵因爭論而挑戰之故。監禁了六個月，福祿特爾被逐出巴黎，於一千七百二十六年五月中旬，到了英國。這次的旅行，對於他將來的作品大有影響。

此時之前，福祿特爾曾寫了好些詩，然今日已無人讀之，還作了些使人動感情的戲曲，然也不過是當時流行於某地方而已．十八世紀的法國，以爲福祿特爾的史詩韓利特（Henriade）足與荷馬、委琪爾的成績相比肩；但桑次葆萊却批評得很對，牠不過是一篇『情調誇飾，動作厭煩，人物平常』的東西而已．福祿特爾在英國，遇到了瓦爾波爾(Walpoles)，波林蒲洛克（Bolingbroke），孔格里夫（Congreve）及蒲伯．他精密的考察英國的生活．在他寫到法國的信札裏，描寫着兄弟會的儀節及新

福祿特爾

的種痘防病法。他學着讀英文，不僅讀莎士比亞、特里頓及史惠夫特，並且還研究牛頓(Newton)及陸克(Locke)，陸克是民治主義的哲學的先導者。他見着英國人思想的自由及對於文人的尊敬，大大的受感動。福祿特爾在英國三年。慕萊(Lord Morley)曾說道：『他離開法國時是一個詩人，他回到法國時，成一個聖人了。』他的英國尺牘在他回國不久時刊行於巴黎。他在尺牘中間有批評到法國的政治及其他，因此又得到捕拿的警告。這一次，他躲避於洛萊(Lorraine)，在那個地方，他過了許多時候，直至一千七百四十年時才離開。在這些時間中，他忙着寫作戲曲與詩歌。在這一年，他第一次與普魯士的菲里特里克大帝(Frederick the Great)相見，以前他們已通信很久了。五年以後，福祿特爾又在巴黎住了一個短時間。逢巴鐸夫人(Madame de Pompadour)成了他的朋友，因她之力，他得到國家修史官的地位，年得二千利弗的薪金。但路易十五本不是一個傻子，對於福祿特爾的譏嘲的謙恭，終不至被欺瞞過，因此，福祿特爾宮庭的寵遇，不久卽告終了。一千七百五十一年，他離開巴黎，到柏林的菲里特里大帝那里去住。菲里特里是歷史上最不可愛的帝王之一，他喜歡邀致文人到他宮庭裏來，但那些文人的生活却不是很快樂的。麥考萊（Macaulay）道：『那時候倫敦的最窮苦的著作家，比之菲里特里克宮中的文人還要快樂些。』這時，福祿特爾是五十七歲。他在本國的聲望極高，然而他的劇本人家却以爲不足與孔耐爾及藍辛的劇本相比肩，這使他很不高興。在柏林，他相信可以得到更好的讚賞。他被王家所接待，然這歐洲的最有力的帝王與這最偉大的天才的友誼却不長久。菲里特里克是儉吝的，福祿特爾却是貪婪的；這兩個人同時又俱有妄冀非分的癖氣。有一次，國王把他的幾首詩給福祿特爾看，叫他修改批評。福祿特爾道：『看國王給我那麼多的齷齪襯衫來洗滌。』後來，福祿特爾離了普魯士到日內瓦湖邊來住，直至於死。他死時，年已八十四。他後半生的最著名的作品爲一部小說剛地特（Candide），是一種旅行的日記，表白出各時候的罪惡與野蠻，其鋒銳的譏嘲在文學上沒有可以與之相比肩的。

慕萊說道：『福祿特爾是一個奇異的威權，不僅因爲他的表白是無比的明晰，也不僅因爲他的眼光是異常的尖銳清楚，乃是因爲他看見了許多新的東西，這些東西，都是別人的精靈無知覺的摸索着啞子似的呻吟着以尋求之的。』他在法國被稱爲是他們所有文人中的『最法國的』他的風格是法國的理想著作，清晰而有色彩，有力而簡樸，常常帶着最機警最飄逸的筆觸，然又能用高尙的題材，抬到高尙的地位。無論他寫什麼，他都用這個風格。他得到了偉大的譏嘲者的稱號，他譏嘲着他所憎厭的東西——教士，帝王，專制者，壓迫人者；他爲上帝，愛憐，思想，行動的自由，人權而奮鬥。他雖被稱爲無神論者，然他却常與許多同時代人的無神論的訓條相戰，他所建的禮拜堂是刻着『福祿特爾獻給上帝』的；他說道，『別的禮拜堂沒有獻給上帝的，不過獻給聖者們而已。我要爲主人做事，不爲僕人們做事。』福祿特爾有些地方可以稱爲法國的史惠夫特。他像史惠夫特，譏嘲着；他像史惠夫特，有大部分的著作現在已沒有人去讀；他又像史惠夫特，最流傳的作品是以故事的形式寫的諷刺。高利弗遊記與剛地特及柴地格(Zadig)(這部小說也是福祿特爾所作)是相比肩的東西，英法的語言不滅，這三部大作也將永久爲人所誦。福祿特爾也寫着最美麗的『客室詩，』這里是一個例：

昨夜睡夢中，我似爲一個帝王，一頂金冠成了我的，
而我還有一件更可喜的事——我愛上一個神潔的女郎；
一個女郎，我愛正像你一樣；呵，當睡神走了時，
他却留下最好的一件東西給我——我所失的只不過我的皇位！

在剛地特裏，在柴地格裏，所寫的都是極有趣的，使人喜悅的，也許，時代過去了，這個偉大的譏嘲者，將益成爲偉大的娛悅者。

二

新的觀念，新的知識，以及反抗暴政與迷信的全部精神，都表白於著名的百科全書(Encyclopaedia)的字裏行間，這部百科全書第一册在巴黎出版，其時是

一千七百五十一年，最後一册出版時，是一千七百七十二年。這個偉大工作完全由於狄特洛（Denis Diderot）的努力與勇氣而告成。狄特洛生於一千七百十三年。他與福祿特爾一樣，也是受教育於耶穌教會的。他生平的工作是多方面的，寫過劇本，作過小說，又是一個哲學家，然這些工作的重要與有趣，都次於福祿特爾及盧騷，百科全書乃是與他的姓名永聯在一處的。他編輯此書的動機，乃由於一個出版家的提議。他說，狄特洛可以編輯一部法文版的謙葆的百科全書（Ephrarin Chamber's Encyclopaia 這是用英文寫的。）但他的工作却遠出了這樣的範圍。這部書包括了人類思想與活動的全部，特別注重於科學的勝利與民治主義的訓條，這個訓條就是說國內的普通平民的幸福乃是政府第一要顧到的。狄特洛招致了一羣的著名的合作者，其中最有名的是自然科學家蒲封（Buffon）及福祿特爾。這個巨大的工程，福祿特爾曾有一封信給狄特洛，說得極有趣：『你的工作是一種巴比爾（Babel）塔的工作！所有好的，壞的，真的，假的，喜的，悲的東西，全都跳了攏來。有的文章似是一個客室中的豪華公子寫的，有的卻似是廚房中的夫役寫的。讀者被從最高超的思想帶到使他要生病的平凡事物。』這部百科全書天然的違忤了在上的舊秩序的維持者，因此，爲了懼怕警察的干涉，後面的幾册竟祕密的出版。百科全書是一部大成功，但狄特洛從此所得的報酬，每年平均不過一百二十鎊，一直做了二十年。

他是一個知識的使徒。他不相信默示的宗教，如福祿特爾一樣的澈底，較盧騷尤爲澈底。他以爲世界能爲知識與道德所救。他把卡拉麗莎(Clarissa)譯爲法文，李查得孫小說在十八世紀後半在法國之流行，他是有大力的。除開巨作百科全書以

狄特洛

外，藍摩的姪兒(Le Neveu de Rameau)是他的最偉大的成功．這部書是諷刺當時的習俗的，以豐富的機警與一種悲憫寫出．歌德在一千八百零五年把此書譯為德文．他又是一位舞臺與圖畫的批評家．史的爾夫人(Stael)的母親尼克夫人(Necker)說：『在狄特洛之前，我所見的圖畫都只有沈悶無生氣的色彩，更不見別的東西了．這是他的想像給他們以慰安與生命，這差不多是一得新的意識，我感謝他的這種天才．』他是一個文學著作很多的人，一個寫得很快而不細心的作家，他的見解是獨特而不隨俗的．雖然狄特洛相信的很少，他的希望却很多；雖然他被當時所壓迫，他却信任着將來．他帶有些拉培爾的樂觀及生活的愉快．

在大革命爆發之前五年，即在一千七百八十四年時，奧古斯丁·卡龍(Pierre Augustin Coron)的僕人的婚姻(The Marriage of Figaro)在法蘭西劇場上出演．卡龍更曾

博馬齊

這是博馬齊的有名喜劇，出演于一七七五年二月。他用散文，不用韻文去寫，其人物性格之逼眞是很可驚賞的。後來，幾個音樂家曾把此劇編成了歌劇。

通的名字爲博馬齊（Beaumorchais），他的父親是一個製鐘錶者。他很有幸運，很快樂，常常到英國及西班牙去遊歷，盡力激起法國人對於美國獨立運動的熱心，因輸運軍隊到美國而得到好些錢。他死於一千七百九十九年。晚年因有不忠於新的法國共和國的嫌疑，被逐出國外一時。在出演僕人的婚姻之前，博馬齊曾以寫賽委爾的理髮匠（Barber of Seville）而著名。僕人的婚姻即此劇的續編。僕人的婚姻敍一個公爵與他的僕人爭一個女郎，因爲公爵夫人的干涉，僕人的婚姻始得成功，牠裏面是諷刺着貴族們，官吏們，最初曾被禁止開演過。牠在釀造革命的文學上已有定位——拿破崙嘗稱之爲『演唱裏的革命』。

三

盧騷（Jean-Jacques Rousseau）的民約論（Social Contract）嘗被稱爲革命的聖經。他的父母都是新教徒，他的生地是日內瓦，生時是一千七百十二年。盧騷是福祿特爾的一個反對者。福祿特爾的生活自幼即很豪奢，都在上流社會中，盧騷則爲一個鐘錶匠的兒子，早年卽四處飄遊，親身閱歷過當時人民所受的疾苦。福祿特爾是一個理智主義者，一個知識與藝術的牧師，盧騷則是一個感情主義者，他懼怕知識，相信人如果要快樂，他必須不被迫向前，而要回歸到原始社會的質樸。沒有一個偉大的作家，他的生活有盧騷那樣奇怪的。他起初爲一個書吏的學徒，後來又爲一個雕刻匠的學徒。當他十六歲時，他離了家庭出外漫遊。三年以後，他安居了一時，受富有的瓦倫（Worens）夫人的款待。她出錢叫盧騷去完成了他的教育。但盧騷是一位不能安居的人，常常離開了她而去。有一次去做了一個希臘主教的祕書，又有一次，去教一個少年婦人以他所知不多的音樂。一千七百四十一年，盧騷在巴黎想要求科學院採取他發明的一種新式的音樂符號。後來，他又到委尼斯去，當法國公使的祕書。一千七百四十五年，又回到巴黎，加入以狄特洛爲中心爲文學團體，投稿於百科全書。一千七百四十九年，他正三十七歲，做了一篇論文發表他的野蠻人比文明人爲高超的理論，這是他第一次文學的成功，以後，他又做了兩篇劇本，這個工作的結果却使他得了法庭的拘捕狀。他不服從這個拘捕。一千七百五十四年，他回到日內瓦。有一次，他自己懺悔為一個新教徒。兩年以後，他又在巴

盧騷

黎，寫着一部新挨羅以斯（La Nouvelle Héloise），這是一部感情主義的小說，明白的受了李查得孫的卡拉麗莎的暗示．同時他與狄特洛爭論不和．盧騷真具着喜爭鬥的天性．他剛和狄特洛破裂了不久，又出版一部小册子攻擊福祿特爾．此

李斯爾唱他的『馬賽曲』(Pils 作)

法國的國歌馬賽曲，在一七九二年為一個少年工程師李斯爾所製作．這圖表示李斯爾向他的一羣朋友唱他的馬賽曲．革命黨人由馬賽到巴黎卽唱此歌．故後人謂之「馬賽曲」.

後十年之中，他著了著名的民約論及第二部小說愛彌兒(Emile)，這些使他同時受着法庭與教會的憤怒．他不得不急急的離開法國．先到瑞士，以後到普魯士，這兩個國家都不大歡迎他．一千七百六十六年，休謨(David Hume)邀致他到英國來．他在英國做了懺悔錄的大部分．一千七百六十七年夏天之前，他與休謨不和，又回到巴黎來．他死於一千七百七十八年，與福祿特爾的死是同年．他在晚年寫完了懺悔錄，又寫了答問．他在死之前，與一個旅館的女僕結婚，她既不美，又未受教育，且很橫虐．他們生了五個孩子，據盧騷自己說，他們一生出來就送到育嬰堂裏去．盧騷的兩部小說，都沒有什麽文學上的價值，然愛彌爾却是教育上一部不朽的大著．在民約論裏，盧騷表示他自己是陸克的從徒．他堅持的說人生兩件最要緊的事就是自由與平等．震動了幾個時代，影響了全世界的這部民約論開頭的幾句話是：『人出生時是自由的；而到處他都是被鎖鍊繫住的．』他追述到野蠻時代，建立了那時的人是自由之理想．民約論的原理是如此：每個政府都要以被治的人民的允許爲基礎。人民是主權者，爲人民所選的執行官長不過是實行人民的意志而已。十八世紀的國家就是國王，這必須是人民才對國家的義務之一，應爲留心人民，教育人民，這個福音的宣傳使世界起了一個大變化——由個人的專制變到全民的政治，由壓迫的生活變而爲有意義的自由的生活，現在還在走着這條大路呢。第一聲唱歌這幸福之歌的便是盧騷，第一次大聲的宣傳這人類的福音的便是盧騷。但盧騷在文學上的最大成功，卻不在這極偉大的民約論而在他的懺悔錄。在一切文學中，這是一部最有名，最奇怪的自傳。盧騷是他自己的英雄。他痛快的承認他的罪過，我們所得的許多他的生平都是由這部自傳中得到的，然他卻相信沒有一個人沒有『隱藏些討厭的罪過』比較的他是一個可讚美的人物，他決意要完全的表現出他自己，相信如此的以他的真面目與大家相見，可以使大家覺得他雖壞，他們卻是更壞。除了他的懇摯的敍述，懺悔錄之使人愛悅，是牠的描寫景色與表白對於自然的美的喜愉。在詩歌裏，愛自然的歌調彈奏得很熟了，但在法國散文中，在歐洲的散文文學中，彈奏這個歌調的，懺悔錄的作者卻是一個新鮮的琴手．桑次葆萊教授批評盧騷，以爲他是『一個人心的熱情及自然的美麗的描寫者……他是製造法國革命的人們的直接感興者，他的民約論裏的理想，比之別的更接近於約柏(Jacob)政治的根．他的熱誠宣傳的平等與一體，以及他的感情的共和主義，乃是一樣地適合於孟

「到凡塞里去」

法國革命之初期的景像

(Val C. Prinsep 作)

德斯鳩的理想的國會主義所不適合的泥土的種子.』

四

除了上面的幾個大名的作家,或者可以說是釀造大革命的作家以外,十八世紀的法國,還有以下的好些有名作家.

芳特那爾(Bernard Fontenelle)是這個世紀的一個先導的作家,他生於一千六百五十七年,死於一千七百五十七年,恰好活了一百歲.他曾作劇本及文藝評論一類的作品,最著名的是神示史.

聖彼得(Bernardin de Saint Pierre)是盧騷的信徒,他生於一千七百三十七年.見了盧騷後,大受他的影響,與他共同傳佈自然主義.所作以小說保羅與委琪尼(Paul et Virginie)爲最著名,這部小說的情調與盧騷的新埃羅以斯差不多.

萊沙琪(Le Sage)生於一千六百六十八年,死於一千七百四十七年,是當時一個很著名的小說家,他的小說以琪爾白拉斯(Gil Blas)爲最有名.

教士甫里浮士特(l'Abbé Prévost)生於一千六百九十七年，死於一千七百六十三年。他可稱是十八世紀最好的法國小說家，他的大著漫郎攝實戈(Manon Lescaut)是十八世紀法國小說中的最特創者，一切摹擬李查得孫的小說，在牠前面都闇然無色了。漫郎攝實戈寫一個少年與一個欣慕現世豪華的女郎的戀愛，經了好幾次的變幻，讀者只覺得牠的情緒的緊緊緊張，只覺得一次一次爲書中的熱情的英雄所吸引，所感動，而毫無煩厭之感。他雖曾譯過李查得孫的小說，卻沒有受他多大的影響。

馬利阿(Pierre C. Marivaux)於一千六百八十八年生於巴黎，是當時的一個著名喜劇家，所著有忠誠者，失意等。他又作小說，以馬里安(Nie de Marianne)及幸運的鄉人爲最著。他生平很窮苦，死時年七十五。

十八世紀的法國是理智的散文的法國，所以抒情歌詩極不發達，只有一個查尼葉(André de Chénier)可稱是一個很好的詩人。他於一千七百六十二年生於土耳其京城，他父親是一個駐土耳其的法國領事，他母親是一個希臘人，所以他生平很喜歡希臘文藝，他的詩歌的情調也與希臘的相近。他努力於革命運動。然大革命後，他卻反對羅伯斯比（Robespierre）他們的殘暴，因此在一千七百九十四年三月被捕而上了斷頭臺。

參考書目

一．孟德斯鳩的法意，有嚴復的中譯文，商務印書館出版。

二．福祿特爾的查爾第十二的生平（Life of Charles XII），有鄧特（Dent）公司出版的萬人叢書（Everyman's Library）本。

三．福祿特爾的柴地格及其他故事（Zadig and Other Tales）有倍爾（Bell）公司的彭氏通俗叢書（Bohn's Popular Library）本。

四．慕萊（Morley）的福祿特爾，由麥美倫（Macmillay）公司出版。

五．狄特洛的早年哲學著作（Early Philosophical Works）有 Open Court Publishing Co

出版的一本。

六．狄特洛的藍摩的姪兒有 Hachette 公司出版的一本英譯本。

七．慕萊的狄特洛及百科全書家 (Dederot and the Encyclopaedists) 共二册，麥美倫公司出版。

八．博馬齊的賽委爾的理髮匠有鄧特公司出版的 The Temple Dramatists 本；又他的僕人的婚姻有牛津大學出版部的英譯本。

九．盧騷的懺悔錄共二册，Hachette 公司出版。

十．盧騷的愛彌兒有 Appleton 公司出版的一本，又有鄧特公司的萬人叢書本，近有中文譯本，爲魏肇基譯，商務印書館出版。

十一．民約論及別的論文，萬人叢書中亦有之。民約論亦有中譯本，近已絕版。

十二．新埃羅以斯有鄧特公司出版的一本。

十三．慕萊的盧騷，共二册，麥美倫公司出版。

十四．柯林斯 (J. Churton Collins) 的福祿特爾、孟德斯鳩及盧騷在英國 (Voltaire, Montesquier, and Rousseau in England) Nash 公司出版.

十五．漫郎攝實戈有商務印書館出版的說部叢書本，未註譯者姓名.

第二十七章　十八世纪的德国文学

第二十七章　十八世紀的德國文學

一

十七世紀的德國文學，沒有什麼可稱的；她如美樹嘉木，還在秧苗的時代，毫無動人的地方，也毫無可注意的偉作；實不足與英、法二國相比肩．但到了十八世紀，這株樹却到了成長的時代了，綠蔭四布，佳果散綴於枝頭，一時遂有凌駕前古，與英、法並霸於歐洲的樣子．在十八世紀的後半葉至十九世紀的初葉，尤爲光華煊爛，爲全德國文學史中最可注意的時期．

這個時期的造成，德皇菲里特力克大帝（一七四〇——一七八六）也略有些勞績．我們在上面已經說過菲里特力克是歷史上最不愉快的帝王之一，然他卻愛招致文士，自己也喜歡文學；法國的大作家福祿貝爾等，嘗到德國來過。闇淡的德國文學界因此漸漸的有生氣起來，大作家萊新、歌德、席勞諸人俱相繼而出。

在這個世紀中，最先出的作家爲歌特息台 (Gottsched, 1700–1766) 及波特麥 (J. Bodmer, 1698–1783)。歌特息台在一千七百三十年時，發表他的批判詩法，欲範圍當時的一切作家於一定規則之中，其所說大抵依據於法國的批評家薄哀留 (Boileau)，他還著了好些劇本，也都是深受法國劇作家的影響的。波特麥卻反對歌特息台的主張，排斥理智主義，不肯守一定的規則；他以爲文學上最重要的是感情，並不是理性。他是德國的瑞士人，深受英國的影響，曾把米爾頓的大著失樂園譯爲德文。

克洛卜斯篤克 (F. G. Klopstock) 是十八世紀德國文壇上的第一個出來的重要的作家。他生於一千七百二十四年，卒於一千八百〇三年。那時英國李卻特孫的著作，正盛行於德國，他的小說克拉麗莎，賺得不少德國讀者的淚珠，克洛卜斯篤克也很受其影響．克洛卜斯篤克最初以短歌著名，丹麥王菲里特力第五很稱讚他，每年給他以俸金，他遂住於丹京庫平哈金．到了一千七百七十年，菲里特力第五死時，他才回到德國．他的大著救主，(Der Messias) 曾於一千七百四十八年出版一部分，直至一千七百七十三年才完全脫稿；全詩共分二十章，主人翁是耶穌．

克洛卜斯篤克

委蘭 (C. M. Wieland) 是努力介紹莎士比亞入德國的人，他以六十餘年的工夫介紹了二十餘種的莎士比亞劇本；這使他在德國文學上占得了一個地位．他自己也作小說及詩，但沒有他的介紹的重要．當時研究文學及介紹大作品的風氣甚盛，委藍之外，尙有福士(Voss)介紹荷馬的大史詩奧特賽及伊里亞特，他自己的田園詩也甚著名。萊新也在這個時候出來，努力於文藝批評的事業，自此德國文學乃開始有新生命了。

二

萊新(G. E. Lessing)生於一千七百二十九年；他曾爲一個報紙的編輯員，又被請爲某舞臺的評劇家，最後爲一個圖書館的主任，死年是一千七百八十一年。萊新在文藝批評上所建的功績，與歌德在創作上是同樣的。他生平很注意於舞臺及戲劇史的研究。一千七百五十年，他出版了一部戲院史，五年以後，又出版了一部悲劇參卜遜女士(Miss Sara Sampson)；這兩部東西的影響是使德國人棄了法國的戲曲模範而從事於希臘古劇及英國劇的研究與注意。他的戲劇雜論至今還有重要價值。他在那里，又攻擊法國的古典悲劇，他以爲希臘的劇本及莎士比亞的，乃是德國劇作家所應該跟從的實在的，莎士比亞在德國的大流行，

委藍

萊新

萊新是有大功的.

萊新的大著拉奧孔(Laocoon)出版於一千七百六十六年,這是一部十八世紀中最偉大的批評著作.在那里表白出批評的原理,歌德、席勞都很受其感化.

歌德曾說道：『萊新的拉奧孔使我們由枯窄可憐的觀察點轉移到自由思想的田地。』萊新的主要見解就在於把當時所未明瞭其分別的詩歌的功用，與雕繪的藝術的功用，立了一個分別出來。原來萊新所以名此書爲拉奧孔者，因爲他的立論係以著名的拉奧孔像爲出發點；拉奧孔是一個預言者；當希臘人攻打特洛伊之時，希臘人將兵士藏於大木馬肚中以愚特洛伊人，他們都驚以木馬爲神物，欲迎接之入城，獨拉奧孔知道這是希臘人的詭計，竭力阻止特洛伊人去迎接木馬。因此激怒大神約芙；當拉奧孔赴海邊禱告時，神便使大蛇把他及他的二子絞繞死了。拉奧孔像卽表現當時他們父子三人被蛇絞繞時的神情。這一段故事，羅馬大詩人委琪爾也曾以其詩表現過。但委琪爾所表現的卻與雕像不同。萊新因此推論雕繪的藝術與詩的藝術的不同；雕繪是表白一瞬時的以空間表白出某事狀的，詩歌卻能把長時間的經過情狀都原原本本的描寫出來。所以雕繪的藝術家所不能做的事，詩人卻能做。這個區別是他所主持的。然我們讀拉奧孔時，卻在每頁中都覺得出他思想的忠實.他永不會立訓條.他差不多時時自相矛盾,辨解.這就是萊新的全性格;他嘗說道:『如果上帝在他右手中握着一切的真理,在左手中握着那簡單的追找真理的衝動,卽使我是在必須永留於誤錯中時,他對我說道:「選擇,」我也將謙下的跪於他左手之前,說道:「父親,給我!因爲純粹的思想是只屬於你一人有的!」』這些名句,歌德必定記在心上,當他寫這些話論到萊新時:『只有一個同樣偉大的人,才能了解他;對於凡庸的人,他是危險的.』

拉奧孔

萊新著作很豐富；批評論文還有許多，這里不及詳述，劇本也不少，除了參卜遜女士外，還有美娜女士(Minna)等劇，都很有影響於德國戲劇界他的寓言集也是很著名的。他在當時德國文壇，功績實在不少。

海爾特(J. G. Herder)較後於萊新，生於一千七百四十四年，也以批評著名於當時。他嘗爲教員與牧師，死於一千八百〇三年。他竭力提倡民間文藝的重要，以爲詩歌出於民間及野蠻民族者爲最自然而真摯；遂尋集本國各處的民歌並翻繹世界各國的同樣作品，選爲六卷，名之爲民歌集。這使大家對於民間文藝的研究的興味大增，並使大家對於世界文學高興探討，這是海爾特最有功的一點。他又宣傳莎士比亞的作品，自己也有幾本作品。但此外，德國的狂風暴雨(Sturm und Drang)時代的造成，與海爾特也很有關係。歌德與海爾特相見時，卽受了海爾特的狂風暴雨的思想的感化。後來，海爾特就去結合了好些青年，立一個文學社，社名爲狂風暴雨，蓋卽以社員中的一個克里格(M. Klinger)的一部戲曲的名稱爲名他們主張用自由的放縱的語言，寫創造的豪放的情思與印象，斥去前半世紀歌特息台們所主張的理智的和嚴格的規則；因此，遂來了歌德與席勞的大時代.

三

歌德(J. W. Goethe)生於一千七百四十九年，他幼年時常喜歡聽他母親講種種神話與故事.他父親叫他去學法律，但他却不喜他的功課.他在學生時代，興味很廣泛，做了許多論文，什麼都高興讀，還畫着畫圖，學做雕刻，經營劇場，還譯了幾篇著名作品.他在

歌德

那時又經了好幾次的戀愛的變幻；有一次，他和一個朋友的未婚妻綠蒂(Lotte)相愛，終於悲痛的結局；這使他十分苦悶，遂以種種的材料，作了一部有名的小說青年維特的煩惱，其結局却用了當時一個青年因戀愛而自殺的結局。此書用的是尺牘體，自此書出，他的名譽卽確立了。多少的青年男女讀了此書而唏噓流涕，不能自釋；因之『維持』便成了他們的一個模範人了：當時靑衣黃褲的維持式的衣裝也大爲流行，爲了受此書的感誘而自殺的也有。這實是狂風暴雨時代的一部代表作品。這部大作出版時，歌德才二十五歲。此後十二年間，歌德寫成了他的三部最好的劇本；第一部是埃格蒙(Egmont)，敍荷蘭自由軍的將官埃格蒙爲自由而奮鬥的事踪；第二部是伊弗幾尼(Iphigenia in Tauris)，敍希臘戲劇家歐里比特所敍寫過的伊弗幾尼的事蹤；第三部是泰沙(Torquato Tasso)，敍意大利文藝復興時代的詩人泰沙的事蹤；在最後的那個劇本裏，歌德借了泰沙，表白出他自己在委麥公國做首相時的詩人與政治生活的突衝。

歌德的最大著作是浮士德(Faust)，這書共有二卷，第一卷出版於一千八百〇八年，第二卷出版於一千八百三十一年；而在第一卷出版前之三十年，他已經着手編此作。其第一卷的初稿今尚存在，人別稱之為"Urfoust"。蓋歌德之作此書，前後共耗去五十八年的時光，差不多是以畢生之力成之的。浮士德是中世紀德國傳說中的英雄，相傳他因求無上的智慧之故，把他的靈魂賣給魔鬼米非士托弗(Mephistopheles)了。這個傳說在歌德那個時代還很流行，先乎歌德，已有英國的戲劇家麥洛委把牠編為劇本。但經了歌德的大手腕，這個故事却完全改觀了。歌德把他自己的熱情，自己的

米非士托弗與浮士德

失望，以及一切都敷染在浮士德上；以前的浮士德是一個怪人，歌德的浮士德却是一個平常人，一個遡歷世間之苦悶的人。以前的浮士德的故事傳述者，以他的死爲責罰，歌德却以爲浮士德終於得救，和上帝在一起，快樂而平和。在未入本文之前，有一段序幕，述劇場經理及詩人討論這劇的本事，然後繼之以天國的景色。安琪兒們正在天上歌頌創造的光榮，魔鬼米非士托弗却出現在他們當中，譏笑人們，說他可以引誘上帝的僕人浮士德而使他服從於他。上帝允許他去誘惑浮士德，但預言：浮士德雖然將失敗，但他將終於得救。現在是浮士德出場了；他是一個著名的學者與科學家，不滿意於一切的書本與知慧；他去研究魔術的書，但他們更以宇宙的玄祕與不可測示知了他。他失望了，正欲飮毒自殺，忽聽見復活節的鐘聲鏘然而鳴，一縷餘賸的宗教熱情，把他牽引住了。第二天，他出去郊外散遊，混雜於快樂的羣衆之中。魔鬼米非士托弗幻形爲一個旅游的學者，進了浮士德的書室。他又使浮士德的心中充滿了失望，想誘引他答應以他的靈魂換得魔鬼的幫助。浮士德已放棄了一切的信仰與希望，決定與魔鬼立約，說，如果浮士德有一個瞬間，覺得心滿意足，而對時間說道，『等一等我』時，他的靈魂便是魔鬼的了。這個合同成立了，他們二人便同到世界上去。其先是遊歷欲望與熱情的世界上，（這在第一卷裏敘述）然後再到事業的大世界上（這在第二卷裏敘述）。浮士德先被戀愛的快樂所擁抱，然後又為權

浮士德與格麗卿之會面
(J. Tissot 作)
浮士德：美麗的女郎，我可以把手臂獻給你麼？可以到你家裏見你麼？

力及藝術的快樂所占據．米非士托弗引浮士德到魔鏡上看一個絕世的美人，又用藥使他吃了復變爲少年．不久，浮士德遂遇到了一個美麗的少女格麗卿(Gretchen)從禮拜堂中出來；他爲這個少女的美貌所捉住，立刻向前致愛念，但她拒絕了．這更使浮士德燃着愛慕欲望的火，要求米非士托弗助他，把她得來爲情人．他們隱身入她的房內，放下了一匣珠寶在那里．後來，格麗卿果然愛上了浮士

格麗卿在教堂中格麗卿：我覺得風琴似乎窒息我的呼吸，頌歌似乎打碎我的心．

德，把自己獻給他了．過了幾個月之後，她的兄弟瓦倫丁從戰場上回來，知道她快要做母親了，便拔劍與浮士德決鬥．浮士德以米非士托弗的幫助，殺了瓦倫丁，立刻離開了那個城．格麗卿悲傷情人的離別，哀痛兄弟的被殺，便發了狂，殺了她生出的孩子，被捕入獄．浮士德知道了她的入獄，便要求米非士托弗設法進獄去看她．她立刻認識了浮士德，回憶到以前甜蜜的日子與罪惡．浮士德要求她出獄，但她見了米非士托弗，害怕了，便不肯出獄，向上帝禱告求他赦罪．當米非士托弗與浮士德離開時，她死了．她被上帝所救了．浮士德的第一卷便告終於此．

第二卷中的浮士德是被引入廣大的世界上去了，他到了功業與政務的外面世界，又到了古典及浪漫的藝術之美的內面世界．開場之後，浮士德被米非士托弗引入一個皇帝的宮庭中，以魔術去娛悅他，並指示他們藏寶的所在地，以救國內財政的破產．因爲皇帝的要求，浮士德在鏡中現出了巴里斯與海崙的幻像，但他爲海崙的美所惑了，他正想捉住她，那個幻像却滅了．浮士德要想與這個理想的美聯合．便與米非士托弗同到了弗莎里阿的地方，希臘神話中的種種人物，美的醜的俱出現於他們二人之前．海崙復活了，爲浮士德及米非士托弗所救得；浮士德把她帶到一個中世紀的古堡，守之以一陣北方武士．海崙與他生了一個孩子優弗龍，這個表示古典與浪漫聯合後的生出的詩歌的精神．後來，他想變更天然以爲人類服務了．他與米非士托弗把海岸邊的地方變了陸地，引百姓們去墾殖．浮士德現在年紀已經很老了，事業快要完成了．他的土地上住了無數的人；但還有一塊汚澤沒有開墾．他以自己犧牲的精神，爲人民謀幸福，終於把這個澤地開墾成功了．當他告成了這個最後的事業時，他實現快樂的存在不是在熱情的滿足上，不是在知慧的發展上，也不是在藝術的修養上，乃是在不自私的爲他人的服務上．他帶了這個信仰，宣言他已十分滿意，叫道：『等一等吧，眞好的時間』而死去．因此他與米非士托弗的打賭輸了；這個魔鬼立刻命令小鬼們帶走了浮士德的靈魂．但浮士德所得到的快樂，乃非米非士托弗權力所能給的，這個爲他人的犧牲與努力，乃將他從魔鬼掌握中救出，而被天使們迎接上天去，在那里，他與格麗卿重復相見．

浮士德有許多註釋的本子，但如爲了欣賞歌德的詩的美，却都用不到他們．在這個大著中，我們見到了無數的景色，感到了無數的人間的苦悶；歌德把我們從天堂的美境中帶到可怕的監獄，又把我們帶到了古代的希臘；使我們見到了最動人的戀愛，最驚人的慘劇，以及最可讚的英雄舉動．在這部巨大的書中，我們還時時可以遇到最可愛的抒情詩歌．但牠的第一卷，却較第二卷爲更動人，有的批評家說，在各方面看來，此書的第二卷都比第一卷壞．他的第二部大著威廉先生(Wilhelm Meister)也是如此，是第二部比第一部壞．

威廉先生所耗費的歌德的時光也不比浮士德少，牠開始於作浮士德後的四年，告成於歌德死前的三年，共費了五十二年的時光！廉威先生是歌德散文中的最巨著作，是僅次於浮士德的名著，包含了許多他的人生哲學在內．威廉先生之重要，乃在於牠爲『有主義的小說』的先鋒，是最初用小說來宣傳道德與文化的教訓的一部。牠的主旨是說一個人選擇他的正當職業的重要德國的生活與社會，在威廉先生中寫得極有技倆。牠的續編威廉先生的漫遊與浮士德的第二卷極有關聯，在那里，我們知道浮士德是經過了種種的文化，政治，科學，藝術，以及戰爭，最後乃知爲他同胞服務的。在威廉先生中，情形也很相似。

歌德在德國文學中，乃是一個傑出的前無古人的作家。他與英國的莎士比亞不同，莎士比亞之前，英國已有了許多大作家，莎士比亞同時，又有許多偉大的同伴，但歌德却不然，他之前沒有却賽，沒有史賓塞，他之時沒有莎士比亞之時所呼吸的詩歌的空氣。他之到德國文學上來，是赤裸裸的，是無憑藉的，是穿了他自已織的衣服而出來的。莎士比亞加冕了英國文學，歌德却建立了德國文學。

歌德的死年是一千八百三十二年，那時，他已經是八十三歲的高齡了。他的著作，除了上面所述的以外，還有許多，這里不能一一的說了；他對於自然研究的成績，使大家對他更覺得有興趣。

四

席勞(Friederich Schiller)生於一千七百五十九年。他父親是一個軍醫，因此他幼年進過軍醫學校；後又去學法律，再後又去學醫，都因與他的性情不合而棄去。他飄遊各處，力與貧苦爭鬥，爲軍醫，爲編輯者，爲劇場經理，爲歷史教授。與歌德相見以後，彼此成了最密切的朋友，席勞的文學工作遂漸漸爲世人所認識。席勞的最成功者爲他的劇本，他的一切劇本，技術都很精密，情節都極動人，且都蘊蓄着他的熱情，他的爲自由而爭鬥的熱情，所以舞臺上至今還扮演着他的作品，不僅在本國，在別的國也是如此。一千七百八十一年，他出版了第一本的劇本强盜(Räuber)。劇中的英雄是一個伯爵的兒子摩爾。他因被他的弟弟所讒間致受父親的斥逐。因此他不得已而入了盜羣中，做了他們的首領，欲以暴力糾正世間的不平。他的弟弟在家中做了許多惡事，將父親囚禁而欲餓死他，又迫摩爾的情人亞瑪麗亞嫁他，致她遁入尼庵中爲尼。摩爾恰好回到本鄉，知道了這些事，便到了家中救出父親，殺死弟弟。又去殺死他的情人以解脫一切束縛。但他終於悔恨了，便自己投到法官的面前去受審判。像這種在狂風暴雨期內所作熱情解放的作品，他還有好幾篇，這里不能細述。一千七百九十九年，他的三部劇瓦倫斯丁（Wallenstein）出版，使他在戲劇上得到了大成功。這部三部劇的第一部是瓦倫斯丁的營，寫劇中英雄瓦倫斯丁在三十年戰爭中的影響和關係。第二部是皮柯洛米尼（Piccolomini），寫瓦倫斯丁

席勞

脫離德皇關係及被皮柯洛米尼欺騙的情形第三部是瓦倫斯丁之死，將這個大人物的最後寫得極有聲色。在德國一切歷史劇中，這是最著名的一部，英國批評家卡萊爾（Carlyle）稱之爲『十八世紀中所可自誇的最大劇本。』此後，席勞又出版了好幾部名劇；馬麗·史豆特（Mary Stuart）出版於一千八百年。（敘蘇格蘭女皇馬麗被殺事），奧麗安女郎（Die Jungfran Von Orlean）出版於一千八百〇一年，（敘法國的愛國女郎貞德事），美西娜的新娘（Die Braut Von Messina）出版於一千八百〇三年，威廉退兒（Wilhelm Tell）出版於一千八百〇五年。其中以威廉退兒爲他最有名的鉅作，也是他最後的鉅作。

威廉退兒的產生由於他和歌德的談話；當席勞寫完了馬麗·史豆特及奧麗安女郎時，歌德正想寫一篇史詩來歌詠那個瑞士革命中的半傳說半眞實的英雄威廉退兒。但歌德的計劃，終於不成，而席勞因受了歌德許多次談到這個題材的激動，便決定動手去做一篇劇本。這個劇本一出來，立刻得了大成功，震動了一時的耳目；牠的爲國家自由而奮鬬的精神，激起了不少人的靈感，不僅在全德國，即在別的許多國也都受感動了．威廉退兒的名字與他被迫用箭射他自己兒子頭上的蘋果之事，至今是每個小學生都知道，然在席勞劇中，他却表現得更有聲色；這個大膽無畏的英雄，爲國家的自由而奮鬬，當他在舞臺上出現時，每每不禁的挑動

退兒之逃走

退兒被執，在舟中遇大風雨，乘機上岸而逃．

無數人的崇高的爲國而獻身的靈感.在席勞的劇中,更有許多抒情的美歌,與偉大無比的背景使讀者移神.當瑞士三邦人民在紅日將升時,於阿爾卑斯山之頂互抱立誓反抗暴政,或當牧人樵夫歌聲悠揚,山雨欲來時,或當威廉退兒在射蘋果時,或當他們在黎明的紅光中報告勝利的消息時,不知怎樣的總使讀者感到一種莫可言說的感動.

席勞的敍事詩也是極著名的;當他與歌德初相會時,他們共同出版了一冊敍事詩,他所作的却大部分超過於歌德所作的.

歌德與席勞每年都於元旦互相致賀.一千八百〇五年的元旦,歌德寫賀信給席勞時,無意中寫上了『最後之一年』一句話,他重新寫過,這句話仍然出現.他說道:『我覺得我們二人之中,今年總有一個是最後之年.』果然在那一年席勞死了.他的死耗,使偉大的平靜的歌德大改其常度;他雙手掩臉,如一個婦人似的啜泣着.幾天之內,沒有人敢在他面前提起席勞的名字.他有一次在一封信上寫道：『我的一半生命已經離開我而去了』。席勞死的年紀很輕，但他的成功，已是不朽的了。他的劇詩，在德國是無可比肩的；他不僅爲他本國人所最愛的詩人，直至於今日，卽在世界上，他的劇本也仍占據着極崇高的地位，至今日仍有人演奏着。

參考書目

一．萊森的戲劇全集，英譯本共二册，倍爾(Bell)公司出版。
二．萊森寓言，中譯本，文學究研會叢書之一，商務印書館出版。
三．歌德的英譯全集，共十四册，在倍爾公司出版的彭氏叢書(Bohn's Library)中。
四．歌德的詩歌與眞理(Poetry and Truth from my own Life)共二册，在倍爾公司出版的彭氏民衆叢書中。
五．歌德的浮士德，有彭氏民衆叢書本，還有好些別的英譯本。
六．歌德的少年維持的煩惱，有中譯本，泰東書局出版。

七．C. H. Düntzer 的歌德傳(Life of Goeth)，有英譯文，恩文(Unwin)公司出版．

八．卡萊爾的歌德論(Essay on Goeth)，Cassell 公司出版．

九．席勞的全集，英譯本共七冊，在倍爾公司出版的彭氏叢書中．

十．席勞的威廉退兒，有中譯本，中華書局出版．

十一．卡萊爾作的席勞傳，有 Chapman 公司出版的一本．

第二十八章　十八世紀的南歐與北歐

第二十八章　十八世紀的南歐與北歐

一

十八世紀的歐洲文學，自以英、法、德三國爲中心，但南歐的意大利在這個時代也重新從沈睡中蘇醒，北歐的文學向未有什麽偉大作品的，在這個時代也漸漸的露出曙光來。現在先說南歐諸國，然後再說到北歐的斯坎德那維亞半島上的瑞典、挪威、丹麥三國，以及俄國。

意大利在文藝復興時代是歐洲諸國精神上的領袖，但後來却漸漸的不振了；在政治上，她是陷於很不幸的境地，奧大利的勢力盤據不去，在文學上，則自泰沙（Tasso）死後，久未有重要的作家出現。直到了十八世紀的中葉，文壇上才漸漸的有了生氣.至於政治上的外來勢力,則直到了一千八百六十年,才由加里波地(Garibaldi)把他完全推倒.

始初爲歐洲的知慧中心的意大利,現在却需要別的國家的影響以復興她自己了.她在英國、法國以及德國的大作家中,求她的模範.戲曲是她的這時最著名的文體.這時的大作家有郭爾杜尼(Goldoni)和阿爾菲里(Alfieri).

郭爾杜尼生於一千七百〇七年,死於一千七百九十三年.常被稱爲『意大利的莫里哀.』這是不錯的,他是欲以這位法國的大戲劇家爲導師,並且他也實有莫里哀所有的幾個同樣的特點.他在八十歲的時候,曾作了一部傳記,敍述他自己的一生,讀來很有趣,但因爲他是由於一層傳奇的紗幕,而回看他自己

郭爾杜尼　(O. Ruotolo 作)

的過去的，所以他的記載，有的地方未免不大真實。他是和善，快樂而好自由的人。他的家在委尼斯，他之成功爲伶人，戲劇家，及作家，也都在委尼斯。在他晚年時代，他遷居於巴黎，用法文來寫劇本，後來，在驚怖的大革命時，他以窮苦結束他的一生，沒有什麽人注意到他。郭爾杜尼的一生寫了一百六十本喜劇，其中只有幾本曾被譯成英文。這些劇本都是健全的，和愛的，溫厚的；他們的目的僅僅的在於娛樂。歌德於一千七百八十六年在委尼斯時，曾去看郭爾杜尼的一個戲劇，說起聽衆對於牠的歡迎的程度，他說，自始至終，笑聲喝采聲繼續不斷。他沒有見過比這次更喧嘩的快樂了。

郭爾杜尼的同時人巴里尼(Giuseppe Parini)是一個具有喜樂的人格與詩人的天才者，他生於一千七百二十九年，死於一千七百九十九年。他寫了一篇長詩一日(Giorno)，是一篇社會的諷刺詩，有些擬倣英國詩人蒲伯的模式。全詩分朝午夕夜四部分，述貴族弟子一日中的行動，全用高雅的詩體寫成。

阿爾菲里（Alferi）是意大利最重要的悲劇詩人．他生於一千七百四十九年，死於一千八百〇三年．在他之前，從十六世紀的初葉起，曾產生了一大串的悲劇作家，然而除他之外，却沒有一個世界上重要的戲劇作家．阿爾菲里的家在辟特蒙（Piedrmont）的阿史底（Asti），但他却完全是一個意大利人．他的少年都在意大利北部以及英、法、荷蘭消耗過，沒有什麼成績，他後來說起很後悔．但從二十六歲起，到了他的死年，他却專心的獻身於文學．他大概都住在弗洛倫司．他所寫的，除了他的悲劇之外，還有六本喜劇及短詩，牧歌等，又寫了一部自傳，坦白的敍述出他的生平，有深厚的興趣．他的悲劇，共有十九本，都是寫極沈痛的故事的．阿爾菲

阿爾菲里

里從希臘及法國的悲劇中，取他的模式，他的材料則從歷史及神話中得來．他所寫的，大概都是人生的最恐怖的情景，與歷史及傳說中的最恐怖的事實．他所寫的熱情都是些不自然的戀愛，父子間的嫉妒，責任與愛自由之心戰勝了親子之愛的束縛等等．沒有一個劇本不使人悲傷碎心．阿爾菲里寫出人類的錯誤與壓迫．他想保存國家的精神，他想借劇本以傳達給別人，他的愛自由，惡專制的熱情．他有一本戲劇是寫着獻給美國的偉大人物佐治·華盛頓的，於此很可以看出他的意思來．

在阿爾菲里的時代，還有幾個重要的作家．一個是蒙底(Vincenzo Monti)，生於一千七百五十四年，死於一千八百二十八年．他的傑作是一篇史詩；這篇史詩共分四部分，表現出

稻士考洛 (O. Ruotolo 作)

他是受有但丁的影響的。還有一個是福士考洛 (Niccolougo Foscolo)，生於一千七百七十八年，死於一千八百二十七年，是當時文壇上的一位愛國而多歷風波的人物；他寫有悲劇，詩歌及論文等。

二

西班牙文學，自西萬提司之後，作家繼出。委珈 (Lope de Vega) 生於一千五百六十二年，死於一千六百三十五年，是一個極著名的詩人與戲劇家。他的少年曾爲幾次貴族的祕書，後來告退了，專從事於寫詩及劇本。很少人有他那末樣的得到同時代人的讚頌的。他共寫了一千八百多本戲，存者有三百本以上。他給與當時的西班牙及別處以很大的影響，擬做他的人極多。據說，在他死之前，在卡斯

委珈

底爾(Castile)一個地方，已經有七十六個戲劇作家。

卡爾狄龍(Pedro Calderon)生於一千六百年，死於一千六百八十一年，是十七世紀中一個最重要的作家。他生於馬特力(Madrid)曾過着一個時期的兵士生活，以後他的全生便大部分用在文學及演劇上。他在一千六百五十一年，被任爲牧師。他的生活可算是模範的生活，慈善，謙抑和愛。我們稱他爲戲劇作家，不如稱他爲詩人，他缺乏力量，直捷，但他的想像非常的豐富，他的結構非常的精巧。他最擅長於寫西班牙流行的，象徵的宗教獨幕劇。信仰的神秘似乎印在他心極深，——他是象徵主義者，而非一個寫實者。他共寫了一百本的喜劇，其中有不少是著名

卡爾狄龍

的．英國詩人雪萊曾譯了他的 "Magico Pro-digioso" 一劇，菲茲格拉也譯了他的八本的戲劇，在其中以薩拉米的縣長 (The Mayor of Zalamea) 爲最好．這個劇本共有三幕十五場，敍一個農夫 Crespo 後來成爲縣長，處死了曾汚辱他的女兒的一個軍官．在這本劇中，與在別的劇中一樣，引進了不少美麗的抒情詩．實在的，他是西班牙最著名的抒情詩人之一．詩人洛威爾 (Lowell) 寫了一詩書室中的夜鶯以歌詠他，稱他爲『我的卡爾狄龍，我的夜鶯，我的披了西班牙羽毛的阿剌伯靈魂，』並不是過獎．

在這個時代，除了委珈與卡爾狄龍之外，還有重要的詩人，一個是龔郭拉 (Lius de Gongora)，一個是吉委杜 (Don Francisco Quevedo)．龔郭拉是一個技巧的作家，在當時影響很大，有不少的擬倣者．吉委杜是西班牙最偉大的諷刺詩作家；他的散文與詩都很成功．

十八世紀的西班牙是一個墮落的時代，無論詩歌，戲劇或其他文學作品，都沒有什麼特殊的光采．莫拉丁(Nicolas Fernandez de Moratin)是那時主要的詩人，也是一個喜劇及悲劇的作家．在他的許多劇本中，有一本是西班牙中第一本跟從法國戲劇的模式的劇本．他的最著名的詩篇是考底斯的船毀滅了(The Ships of Cortes Destroyed)，可算是西班牙最好的史詩之一．

與西班牙在同一個半島上的姊妹國葡萄牙，在十六世紀時，也產生了一個大作家，這里應附帶的說一說．這個大作家名卡蒙士(Camoens)是葡萄牙詩人之王．當十六世紀時，葡萄牙執掌着偉大的海上勢力，無數的英雄俱以小舟衝激於無垠的碧濤之上，卡蒙士也是這樣的一個水手．他寫了一篇偉大的史詩，敘第一個

卡蒙士

航過好望角的葡萄牙航海家加瑪(Vosco da Gama)的事．加瑪死於一千五百二十四年，正是卡蒙士的生年．這篇史詩名露昔亞特(Lusiads)(葡萄牙的傳說的國名是Lusitania)，論者稱之爲荷馬的亞特賽以後最有力的海的詩歌．葡萄牙最初能在歐洲文壇中占一個地位，便因了這篇大史詩．

三

斯坎德那維亞半島上的文學，在十七世紀之前，除了他們著名的『伊達』與傳說及民歌，民間故事之外，簡單沒有大作家出現．丹麥(挪威)的第一個大作家乃產生在十八世紀．這位作家就是霍爾堡(Ludvig Holberg)，生於一千六百八十五年，死於一千七百五十四年．他生在挪威，但以後卻住在丹麥，且在丹麥做事．(在十九世紀之前，丹麥與挪威是聯合成一國的，且文字也很相同．)他在英國牛津及大陸上受了教育之後，成了科平哈京大學的一個教授，把拘陋的丹麥思想引來與歐洲文學發生密切的接觸．他的作品很多，使他成爲戲劇作家，哲學家，歷史家及諷刺家．他的劇本尤為成功，被稱為『丹麥的莫里哀』．霍爾堡把農民寫進了丹麥文學中．他的農人喜劇"Jeppe of the Hill"及"Erasmus Montamus"到了現在還如初寫成時之真切動人，引人發笑．

霍爾堡是丹麥的喜劇作家，奧連契拉格(Oehlenschläger)卻是丹麥的悲劇作家．他生於一千七百七十九年，死於一千八百五十年．他用韻文寫他的作品，是

霍爾堡

奧連契拉格

浪漫派的丹麥詩人的領袖.

十八世紀後半的丹麥被稱爲啓明時代，戲劇家依瓦爾特(Johannes Evald)是那時最重要的作家.他生於一千七百四十三年，死於一千七百八十一年.在一千七百七十年時他第一次發表他的成績"Rolf Krange"是一篇用散文寫的悲劇.但使他不朽的卻是兩本三幕的詩劇，一本名波爾台之死(Balder's Death)，一本名漁夫 (The Fishermen). 漁夫中包含有一首丹麥的國歌『克里斯丁王站在高桅旁』(King Christian Stood by the Lofty Mast)是極著名的詩歌.

依瓦爾特

瑞典的第一個著名詩人是

史脫乾爾姆(George Stjernhjelm),他生於一千五百九十八年,死於一千六百七十二年。他的史詩赫克爾士(Hercules)在當時極著名,他還寫了喜劇及短歌,也都得相當的成功。此後,瑞典的作家繼出者不少,但都受英、法文學的影響,沒有什麼著名的大作家。達林(Olof von Dalin)之出現於十八世紀,使這個委靡不振的文壇又現了生氣。他生於一千七百〇八年,死於一千七百六十三年。他是一個新聞記者,批評家及詩人。他的英雄的詩篇瑞典的自由(Freedom of Sweden),他的悲劇"Brynhilda"以及他的四册的瑞典國史乃是他的主要作品。他是那個時代瑞典的最大文人。我們在那時舉不出一個可與他並肩而立的作者。

在十八世紀的末葉,瑞典開始顯出長足的進步。國王歌士太瓦三世(Gustavus III)是一個有才能的文藝保護者。他建設了瑞典學院,瑞典劇場,他自己寫的劇本也不壞。在那時的許多作家中,有三個占着主要的地位:開爾格林(Johan Henrik Kellgren)是一個批評家,詩人及抒情劇本的作者;李奧甫特(Karl Austaf at Leopold)是一個諷刺家及古典的作家;倍爾曼(Karl M. Bellman)是一個國民詩人,著名的讚詩作者,是瑞典平民所深愛的作家.

四

俄國在十八世紀之前,沒有什麼著名的作家,除了史詩及史記以外,也沒有什麼大作品.羅門諾索夫(Lomonosov)生於一千七百十一年,死於一千七百五十五年,是第一個俄國的重要文人;他曾被派遣到德國去留學.他的最大功績是改訂國語,以莫斯科方言爲準的,並作俄國文法.同時還有甘底麥(Kantemir, 1709–1744),以作諷刺詩著名,修麥洛加夫(Sumarokov, 1717–1777)以善作戲曲及諷刺詩著名,論者稱之爲『俄國的萊

羅門諾索夫

新』加德隣二世(Catherine II)她自己很喜歡文學，曾寫了喜劇數本，並創刊一種月報．當時最著的作家有方委真(Fonwijin, 1745–1792)，以喜劇名，梅加夫(Maikov)及陶澤文(Derzhavin)以詩名．又有拉特契夫(Radischev)作一部從聖彼得堡到莫斯科的旅行，攻擊奴制的殘忍與政府的黑暗，被加德隣所流放，自殺而死，是俄國文學史上的第一個犧牲者．

在十八世紀的最後，大作家卡倫辛(Karamzin)出現．他生於一千七百六十六年，死於一千八百二十六年．他的八大册的俄國史，影響極大，國外通信在當時也極有勢力．他的可憐的麗莎(Poor Liza)，一部出版於一千七百九十二年的小說，也曾引起讀者熱烈

卡倫辛

的同情．其中敘的是一個農女被她所戀的一個貴族所棄，投池而死．當時竟有許多少年被其感動，很遠的跑至書中所說麗莎自殺之池旁去憑弔她．

參考書目．

一．彭氏叢書(Bohn's Library)中，有英譯的阿爾菲里集．

二．Fitzgerald譯的卡爾狄龍的八劇有麥克美倫公司出版的本子．

三．在J. B. Lippincott Company出版的外國名著叢書(Foreign Classics for English Readers Series)中，也包含有卡爾狄龍的作品．

四．紐約的American Scandinavian Foundation出版了好些斯坎德那維亞半島的文學名著的英譯本，霍爾堡的作品，也有在內，共包含他的名劇二種．

第二十九章　十八世纪的中国文学

第二十九章　十八世紀的中國文學

一

十八世紀的中國，是近代中國的全盛時代；這時代包含康熙的後半，至嘉慶的前半．外則平西藏，平準噶爾，平金川，內則開博學鴻詞科，開四庫全書館；聖祖(玄燁)與高宗(弘曆)又數次南巡．百數十年來宇內未經喪亂，民間富力有餘．在這個全盛時代，天然的，文藝界的情況是十分的燦爛．雖然在這時代曾發生過好幾次極殘酷的文字獄，但對於重要的文人，還沒有什麽大打擊．有人說，清代的文化，是以前中國舊文化的總結束，以前所有的種種的東西，在那時無不一一的重現．這句話用來形容十八世紀的中國，却是再恰當也沒有的了．這里不必提起別的，即以文學而論，所謂『漢賦』『六朝駢文』『唐、宋古文』『唐詩』『五代宋詞』『元曲』『明傳奇小說』在這個時代，莫不一一的重現於文壇，且不僅僅模擬而已，作者的個性，與時代的精神，且深深的印在那些作品裏；這實與明人之模擬的作品，有明顯的差異。

二

戲曲作家在這個時代站的地位很高。無論雜劇，無論傳奇，都有很好的不朽的成績。而孔尙任，洪昇，舒位，楊潮觀，萬樹，蔣士銓，桂馥諸人之作品特別的表現出一種新鮮的趣味，以整鍊秀麗的曲白，濃摯真切的敍述及婉曲特創的風格動人，如孔尙任的悽麗激昂的悲劇桃花扇，與楊潮觀，蔣士銓之或以鋒利的譏刺，或以沉痛的訴告，或以雋永的情趣著的短劇，皆爲元明人所未嘗有的名作。

孔尙任字季重，號東塘，又號云亭山人，曲阜人，孔子之後，官戶部郎中，作小忽雷及桃花扇二劇，桃花扇使他得了不朽的榮名。他與洪昇齊名於康熙的末葉，有

『南洪北孔』之稱。桃花扇的主角爲侯方域與李香君，所述諸事皆有確據。他雖自云：『獨香姬面血濺扇，楊龍友以畫筆點之，此則龍友小史言於方訓公者，雖不見諸別籍，其事則新奇可傳，桃花扇劇，感此而作者也，』 然實則劇中隨處沁染着亡國的餘痛。讀至諸鎭之爭權，奸之誤國，史可法之死，都要使讀者悲而零涕，怒而奮拳擊案，到了餘韻一齣，則無不廢書而嘆，而深長思者。牠雖然以侯、李爲貫珠的串

侯方域
桃花扇之主人翁。

纙，然全劇直是一部明亡之痛史，與以前及以後諸傳奇之以生、旦的離合悲歡爲主眼者截然不同。守樓，寄扇，題畫諸齣，雖足以動人，而遠不如移防，誓師，沈江，餘韻諸齣之慷慨激昂，蘊着一腔悲憤之氣，足以使人低徊憂嘆，不能自己。我少時嘗讀之，一再讀之，至鄙夷西廂，拜月，不欲再看，至於燕子箋，則直拋擲之庭下而已。這些書的氣分與桃花扇完全不同，任怎樣好，所引起的讀者的情緒，總遠不如桃花扇崇高之偉大之能博得熱情少年的狂愛！

楊龍友爲李香君畫了桃花扇寄給侯方域（二十三齣，寄扇）

桃花扇凡四十齣，又加之以『閏二十齣』及『續四十齣』共四十二齣。開場卽介紹侯方域，吳應箕及陳貞慧諸公子於聽衆。以阮大鋮之欲結交諸公子，致方域得與名妓李香君相見。美人才士，一見傾心。然諸公子鄙薄大鋮，兩方之仇恨愈釀愈深。那時左良玉欲移兵就食，賴方域遣柳敬亭修書止之。恰好北京陷落，崇禎帝死之，於是南都迎立福王爲主，大鋮乘機握了權。逮捕貞慧，應箕入獄，方域幸得脫。同時撫臣田仰欲以三百金買李香君爲妾，香君不屈，倒地撞頭，血濺一把扇上。楊龍友取了此扇，就血漬綴點起來，畫成一枝桃花，於扇上，寄給方域。這是全劇的頂點。這時，明之國事益不堪問。清兵將次南下，而諸鎭還常以小故相爭殺。雖然有一個忠心耿耿的史閣部（可法）也挽回不了這崩頹的大勢。終於史閣部沉江自殺，清兵統一了江南，方域，香君俱避難於山，做了修道的僧尼。柳敬亭諸人也都以隱遁終。這與一般傳奇之以生旦團圓爲結束者完全不同。

桃花扇在作者的時代，卽奏演極盛。作者在附於桃花扇卷首的本末上，已詳記之。某一次，有故臣遺老見演此劇，掩袂獨坐。『燈炧酒闌，唏噓而散。』

桃花扇之描寫人物，個個都有他或她的個性，乃至柳敬亭，蔡益所，阮大鋮，馬士英，蘇崑山等等，都真切的活潑的在紙上現出。而寫大鋮之老羞成怒，甘於下流的心境的變換，尤爲曲肖。但他並不酷責大鋮。他對於他的一切人物，只有照實的描寫，毫不加以批評或以愛憎的色采烘染上去。他的文字自始至終，毫沒有草率之處。『其豔處似臨風桃蕊，其哀處似著雨梨花，』其激昂

桃花扇之最後一幕——漁樵閒話。著名的哀江南即出于此。

悲壯處，如燕士之歌『風蕭蕭兮易水寒』。他的餘韻中的哀江南一曲，尤爲數百年來無比的美文：

淨　那時疾忙回首，一路傷心，編成一套北曲，名爲哀江南。待我唱來：（敲板唱弋陽腔介）俺樵夫呵，（哀江南）（北新水令）山松野草帶花挑，猛抬頭秣陵重到。殘軍留廢壘，瘦馬臥空壕，村郭蕭條，城對著夕陽道。（駐馬聽）野火頻燒，護墓長楸多半焦。山羊羣跑，守陵阿監幾時逃？鴿翎蝠糞滿堂拋，枯枝敗葉當階罩。誰祭掃，牧兒打碎龍碑帽。（沈醉東風）橫白玉八根柱倒，墮紅泥半堵牆高。碎琉璃瓦片多，爛翡翠窗櫺少。舞丹墀燕雀常朝，直入宮門一路蒿，住幾個乞兒餓殍。（折桂令）問秦淮舊日窗寮？破紙迎風，壞檻當潮，目斷魂消！當年粉黛，何處笙簫！罷燈船端陽不鬧，收酒旗重九無聊。白鳥飄飄，綠水滔滔，嫩黃花有些蝶飛，新紅葉無箇人瞧。（沽美酒）你記得跨青谿半里橋，舊紅板沒一條，秋水長天人過少。冷清清的落照，賸一樹柳彎腰。（太平令）行到那舊院門，何用輕敲，也不怕小犬哰哰。無非是枯井頹巢，不過些磚苔砌草。手種的花條柳梢，儘意兒採樵。這黑灰是誰家廚竈？（離亭宴帶歇拍煞）俺曾見金陵玉殿鶯啼曉，秦淮水榭花開早，誰知道容易冰消！眼看他起朱樓，眼看他讌賓客，眼看他樓塌了．這靑苔碧瓦堆，俺曾睡風流覺，將五十年興亡看飽．那烏衣巷不姓王，莫愁湖鬼夜哭，鳳凰台棲梟鳥．殘山夢最眞，舊境丟難掉，不信這輿圖換稿！謅一套哀江南，放悲聲唱到老！

同時有顧彩者，字天石，無錫人，爲尙任之友，曾將桃花扇改作爲南桃花扇，使生、旦當場團圓．這把全劇的新雋可愛的風度，一變而爲陳腐，眞可謂點金成鐵．但南桃花扇今未見，似已佚；卽在當時亦未能與云亭之偉作爭席．眞的，讀者之好惡，有時未始不足爲定評．

尙任尙有小忽雷一劇，凡四十齣，敍一件以名琴小忽雷爲線串的生旦的悲歡離合的故事，遠不如桃花扇之著名．

洪昇字昉思，號稗畦，錢塘人．著雜劇四嬋娟，又作回文錦，迴龍院，錦繡圖，鬧高唐，節孝坊，舞霓裳，沈香亭及長生殿等傳奇八種．四嬋娟凡四折，每折敍一事，做四聲猿體．第一折詠雪，敍謝道蘊詠雪詩事；第二折簪花，敍王右軍學書於衛夫人事；

第三折鬭茗，叙李清照與趙明誠烹茶檢書事；第四折畫竹，叙趙子昂與管夫人泛舟同遊，見溪上修竹萬個，便於舟中作畫事。迴文錦，叙蘇若蘭織璇璣圖，凡題詩二百餘首，計八百餘言，縱橫反覆，皆成章句，寄以感動其夫竇滔事；迴龍院叙山陽韓原容，及其妻以智勇避難平賊事；鬧高唐則叙『水滸』故事之一。則在這些作品中，以長生殿爲最著名。

長生殿凡五十折，係依據於唐白居易的名作長恨歌及陳鴻的名作長恨歌傳而寫的

『七月七夕長生殿，夜半無人私語時：在天願爲比翼鳥，在地願爲連理枝。』（長生殿二十二齣密誓）——從暖紅室本

唐明皇與楊貴妃的故事．凡後來太眞外傳諸書之過於寫太眞之穢事者皆不錄．在這里，絕代的美人太眞妃被寫成只是一個癡情的可憐的少婦，並不是什麼可怕的亡國敗家的妖孽，這是作者的大成功處．如果有什麼人爲妲己，妹喜諸名婦人作劇者，恐怕也只能寫成如太眞似的嬌妒的可憐可愛的絕世美女子而已．如此的，一雪數千年被壓抑於冷酷的歷史家以亡國歸罪於她們的不平的論調，倒是一件快事．（吳偉業的秣陵春裏所寫的張麗華，也可使她由史家的酷論底下釋出）自元以來，寫明皇太眞故事的戲劇作家，殊不少，白朴有梧桐雨，明人有驚鴻記；屠隆的綵毫記裏也有附帶的敘及，然俱不如長生殿之感人．作者在這劇裏，寫二人之綢繆惓戀，以及遭變後，生者之覩物傷懷，死者之魂靈依戀，無不運以深刻的眞摯的筆調．全劇的頂點，則爲密誓一齣，卽所謂『七月七夕長生殿，夜半無人私語時：在天願爲比翼鳥，在地願爲連理枝』者是，劇名卽取於此．有了此齣，後半的生死不解的悲情，乃能湊接得上．

全劇中最感人的文字的例子，可舉聞鈴裏的一段：

〔生〕呀，這鈴聲好不做美也！

〔武陵花〕淅淅零零，一片淒然心暗驚。遙聽隔山隔樹戰合風雨，高響低鳴，一點一滴又一聲，一點一滴又一聲，和愁人血淚交相迸。對這傷情處，轉自憶荒塋。白楊蕭瑟雨縱橫，此際孤魂淒冷，鬼火光寒，草間濕亂螢。只悔倉皇負了卿，負了卿！我獨在人間，委實的不願生。語娉婷，相將早晚伴幽冥。一慟空山寂，鈴聲相應，閣道崚嶒，似我迴腸恨怎平！

〔前腔〕迢迢前路愁難罄，招魂去國兩關情。望不盡雨後尖山萬點青。（第二十九齣聞鈴）

當然的，絮閣，窺浴，密誓諸折，是多麽膩麗，然而講到真摯的深切的情感，卻要以後半部的聞鈴，見月諸折為較勝。可惜作者為了求結構的完整與抱有大團圓的結束的信念，遂生生的把隆基，玉環二人在天上扭合做一處，被上帝『命居忉利天宮，永為夫妻』，致後半所努力佈造的悲劇的空氣完全的重復消失了。

長生殿在當時演奏之盛，不下於桃花扇。某一次，諸伶人演此劇為作者壽，都下名士畢集．適有忌者告發，謂那一天是國忌，設宴張樂，乃大不敬．於是作者被編管山西，詩人趙執信，查嗣璉被削職．時人有詩道：『可憐一曲長生殿，斷送功名到白頭，』便是詠此事．但這個文字獄，雖然斷送了他們的功名，卻使長生殿流傳得更廣遠些．

「夜雨聞鈴腸斷聲．」（長生殿二十九齣，聞鈴．）——從暖紅室本

萬樹字花農，一字紅友，宜興人．吳興祚總督兩廣時，嘗延其入幕．每樹脫稿傳奇一種，興祚卽令家伶捧笙璈按拍高歌以侑觴．前後所作有雜劇珊瑚珠，舞霓裳，

藐姑仙，青錢賺，焚書鬧，罵東風，三茅宴，玉山宴之八種傳奇風流棒，空青石，念八翻，錦塵帆，十串珠，萬金甕，金神鳳，資齊鑑之八種，以風流棒，空青石，念八翻三種爲最著。又編詞律二十卷，亦有名於時。他是吳炳的外甥，於韻律殊有精密的研求。

在他們的同時，有周穉廉與盧見曾亦以作傳奇甚有聲於世。周穉廉字冰持，華亭人，別號可笑人。（曲錄著錄既有可笑人，又有周穉廉，誤。）所作傳奇數

卜青與他的妻，因兵亂而分離，碎珊瑚玦爲二，各留其一爲紀念。（珊瑚玦第七齣分玦）

——從坊刻本

十種，今多不傳，最著者爲珊瑚玦及雙忠廟。珊瑚玦凡二十八齣，敍卜青與妻祁氏，遭遇兵亂，碎珊瑚玦爲兩半，各懷半枚而分離。後祁氏生子成名，二人復得相見。雙忠廟亦爲二十八齣，敍舒真與廉國寶以忤劉瑾被殺，賴義僕撫孤，使忠臣有後。當義僕王保救孤時，在祀公孫杵臼與程嬰的雙忠廟中拜禱，忽然生乳，變爲女子，以逃搜者之眼目。太監駱善亦生了長鬚。後來劉瑾處死，舒

義僕王保，拯救舒眞之幼子，幾爲劉瑾遣來之刺客所殺，賴『雙忠』顯示，感化了刺客。（雙忠廟第十四齣義釋）

——從坊刻本

真之子與國寶之女成爲婚姻，王保復改爲男裝。

盧見曾字抱孫，號雅雨山人，德州人，官兩淮鹽運使，著旗亭記及玉尺樓二種。旗亭記所敍爲王之渙與王昌齡高適，集飲於旗亭，諸伶遞唱昌齡，適之詩，之渙指諸伎中最佳者道：『此子所唱必爲吾詩』果然那個雙鬟發聲唱道：『黃河遠上白雲間，一片孤城萬仞山，羌笛何須怨楊柳，春光不度玉門關。』恰是之渙的詩，因大諧笑。此事見集異記，見曾演之爲傳奇，凡三十七齣，以之渙所遇之伎爲謝雙鬟。自旗亭相遇後，遂訂盟爲夫婦。經安祿山之亂失散。後雙鬟殺了安慶緒，之渙成了狀元，二人終復合。以天子賜宴於旗亭爲結束。這件故事本是富有詩趣的，但硬把雙鬟與之渙團圓在一處，未免減殺原來故事的趣味不少。

楊潮觀是當時最好的短劇作家。潮觀字宏度，號笠湖，無錫人，乾隆元年舉人，曾爲四川邛州的知州，與袁枚爲友，著吟風閣，凡四卷，包含短劇三十二種。卷首附小序，自敍作劇的意旨。焦循劇說謂：『吟風閣雜劇中，有寇萊公罷宴一折，淋漓悽慨，音能感人。阮大中丞巡撫浙江，偶演此劇。中丞痛哭，時亦爲之罷宴』 實則吟風閣中感人的作品不止這一折。快活山樵歌九轉，窮阮籍醉罵財神，魯仲連單鞭蹈海，偷桃捉住東方朔諸劇亦極可注意。偷桃一劇尤滿含着極冷雋的諷刺。當王母訊問被捉的偷桃的東方朔時，那一段對話，是全劇最漂亮的，是我們在許多的傳奇雜劇中所很難遇得到的：

(旦)你怎敢到我仙園偷果！

(丑)從來說，偷花不爲賊，花果事同一例。

(旦)這厮是個慣賊，快拏下去鞭殺了罷！

(丑)原來王母娘娘這般小器，倒像個富家婆。人家吃你個果兒也捨不得，直甚生氣！且問這桃兒有甚好處？

(旦)我這蟠桃非同小可，吃了是髮白還黑，反老還童，長生不死。

(丑)果然如此，我已吃了二次，我就儘着你打，也打我不死。若打得死時，這桃又要吃他做甚！不知打我爲甚來？

（旦）打你偷盜！

（丑）若講偷盜，就是你做神仙的，慣會偷。世界上人那一個沒有職事，偏你神仙避世偷閑，避事偷懶，圖快活偷安，要性命偷生。不好說得，還有仙女們在人間偷情養漢。就是得道的，也是盜日月之精華，竊乾坤之祕奥。你神仙那一樣不是偷來的，還嘴巴巴說打我的偷盜！我倒勸娘娘不要小器。你們神仙吃了蟠桃也長生，不吃蟠桃也長生，只管吃他做甚！不如將這一園的桃兒，盡行施舍凡間，教大千世界的人，都得長生不老，豈不是個大慈悲，大方便哩！（鎖南枝）笑仙眞太無厭；果然餐來便永年，何得伊家獨享！不如謝卻羣仙，罷了蟠桃宴，暫時破慳結世緣，與我廣開園，做個大方便！

（旦）你倒說得大方。

（丑）只是我還不信哩。你說吃了髮白變黑，返老還童，只看八洞神仙，在瑤池會上，不知吃了幾遍，爲何李岳仍然拐腿，壽星依舊白頭？可不是搗鬼哩，哄人哩！

（旦）旣如此，你爲何又要來偸他？

（丑）我是口渴得很，隨手摘二個來解解渴，說甚麼偸不偸！

桂馥也是一個很好的短劇作家。馥字未谷，曲阜人，官永平知縣。（一七三六——一八〇五）楊潮觀所作半是以嬉笑怒罵的態度，來抒寫自己的鬱憤，馥所作則多爲纏綿悲惻之戀情，輕喟着無可奈何。他所作後四聲猿，凡包含短劇四種；放楊枝敍白香山年老病風，乃欲遣去素所愛馬及十年相隨之名妓樊素。那樣的別離，那樣的暮年衰頹之感，在此劇裏寫得很動人。後來，舊情難舍，新愁滿懷，駱馬賣不成，楊枝放不去，這位樂天的詩人遂又叫馬夫牽馬還槽，又只好與素娘共醉低歌了。謁府帥敍蘇東坡爲鳳翔判官時，屈沈下僚，上謁府帥不見事。題園壁敍陸放翁娶妻唐氏，伉儷甚篤，因唐與母不相得，遂出之。唐改適趙士程。某一日，相遇於沈氏園，唐以語趙，遣致酒肴於陸。陸悵然久之，爲賦釵頭鳳調，題園壁。唐見而和之，未幾怏怏而卒。這件故事殊是一幕悲劇的好題材，此劇也把牠寫得很悲楚。投溷中敍有名的錦囊詩人李長吉死時，遺稿俱在他的中表黃生處，不料他却因宿恨把這些詩稿都投在溷中了。

夏綸爲諸劇作家中最晚年才開始作劇者，當他做第一劇時年已六十餘。到了七十三時，戲劇全集才出版。綸字惺齋，號臞叟，錢塘人，作曲凡六種，都是有目的之教訓主義的作品；無瑕璧題『褒忠傳奇』敍明成祖殺鐵鉉事；杏花村題『闡孝傳奇，』敍王孝子舍身殺父仇於杏花村事；瑞筠圖題『表節傳奇』敍章貞母未婚守節，教子成名事；廣寒梯題『勸義傳奇，』敍王生傾囊助人，終獲高第事；花蕚吟題『式好傳奇，』敍姚居仁與弟利仁同居友愛，利仁被陷獄，賴居仁力救出之，二人俱得顯名事；南陽樂則題『補恨傳奇，』敍諸葛亮與司馬懿戰，並未死於五丈原，以其努力，終得滅了魏、吳，使蜀漢統一了天下。這些有目的之教訓傳奇，不容易做得好是當然的。南陽樂强使死者復生，違背了最顯明的史實且不說，而這種强盜式的大團圓的結局，卽使表演得好也是很無深味的。

在這時左右者有蔣士銓，字淸容，一字心餘，號苕生，又號藏園，鉛山人，乾隆二十三年進士官編修．詩文在當時並享盛名，有忠雅堂集，與袁枚，趙翼並稱爲乾隆三大詩人．卒時年六十一（一七二五—一七八六）．他的戲劇較詩文尤爲著名，其紅雪樓九種曲之流行於民間，與笠翁十種曲之流行的盛况正相同，不過笠翁的曲近於粗率，有時且鄰於卑鄙，藏園的曲則細膩而秀雅，雍容而慷慨，高出於笠翁

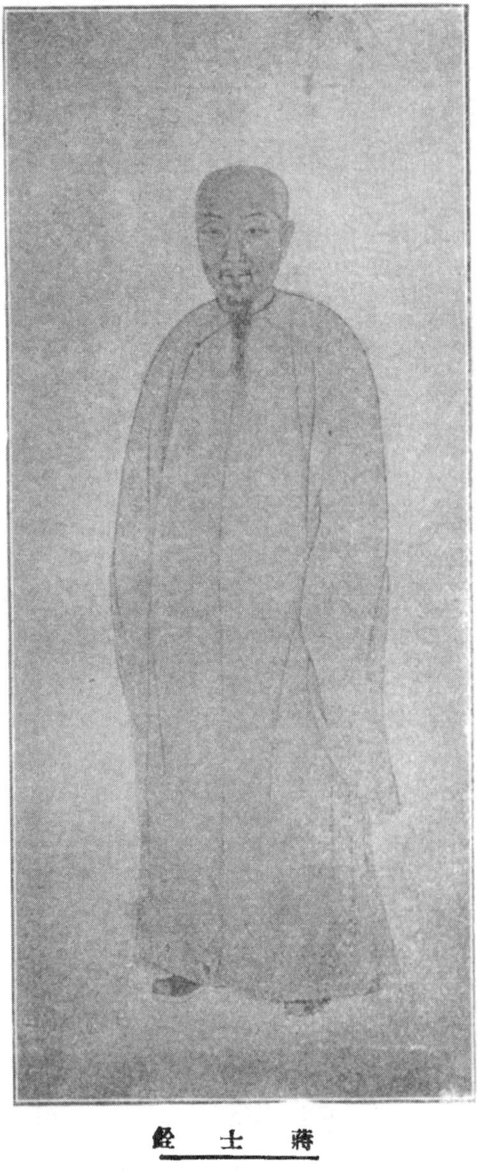

蔣士銓

不止數倍。九種曲中，香祖樓，空谷香，冬青樹，臨川夢，桂林霜，雪中人六種爲長劇，四絃秋，一片石，第二碑三種爲短劇。尚有忉利天一種，亦爲短劇，今傳本少見。香祖樓凡三十二齣，敍仲約禮與他的妾李若蘭離合事；空谷香凡三十齣，敍顧瓚園之妾事。這二劇都是寫真摯的戀情的，以綺膩悲惋之筆出之，殊爲動人。他自己說，曾在舟中，擊唾壺而歌他所譜之空谷香，回視同舟之客，皆唏噓泣數行下。又說他在劇中之刻畫小人摹寫

『忽聞水上琵琶聲，主人忘歸客不發』
——白居易琵琶行
演琵琶行爲劇本者甚多，惟蔣士銓的四絃秋爲最好，其他元馬致遠之青衫淚，明顧大典之青衫記，皆虛構一篇不大高明之故事以爲全劇之骨架，甚爲無謂。

世態，乃二十載飄零閱歷所助。所以一切都寫得很自然，很深刻。冬青樹凡三十八齣，據宋末之史實寫文天祥，謝枋得，趙子昂，汪水雲諸人事。在諸傳奇中，這一劇是他的最後作，於落葉打牕，風雨蕭寂中，以三日之力而寫成。題材是遺民的悲痛，孤臣的失意以及帝陵植樹，西台慟哭，文詞是悽麗而怒，悲憤而洪莽，所以激動了不少人的眼淚與壯氣。雪中人凡十六齣，敘吳六奇對查繼

雪中人

『雪中人』的故事是一件實有的事，盛傳於清初。觚賸及聊齋志異俱志之。演之爲劇本者僅蔣士銓此劇而已。

佐之報恩事；臨川夢凡二十齣，敍四夢的作者湯顯祖事，他追慕玉茗的名作，因作此以寫這個大戲劇的生平，把四夢中的人物一一都搬出來與那位大作家相見。桂林霜凡二十四齣，敍清初馬文毅閤家死廣西之難事；這是在瘧中以二十日之力成之的。他自己曾言，有人對他說，『讀君空谷香，如飲吾越醖，雖極清洌，猶醇醴也，此文則北地燒春，其辣逾甚』。一片石凡四齣，第二碑一名後一片石，凡六齣，皆敍明寧王朱宸濠妃婁氏事；婁妃以諫王謀叛，投水死。當時墓地荒廢，作者與諸人乃爲修塋立碑。四弦秋，凡四齣，演白居易之名作琵琶行。元之馬致遠與明之顧大典嘗前後譜此故事爲青衫淚，（馬作）及青衫記，（顧作），俱以彈琵琶之商人婦爲居易舊識，因事離散，至此不意相遇，後乃終得團圓。這樣的說法，眞是『畫蛇添足』之類，直把樂天的原文完全汚損了。士銓之四絃秋則完全洗滌這種生旦團圓的惡習，以樂天聽商婦彈琵琶，致引起自己之傷心爲全劇的骨架，很可使不滿於青衫淚諸作的讀者高興。

舒位也是本期後半葉的作家，與蔣士銓同以詩人著稱於時．位字立人，號鐵雲，大興人他的詩集名瓶水齋集，很流行於當時．他的劇本凡五種；卓女當壚，樊姬擁髻，酉陽修月及博望訪星四種，總名瓶笙齋修簫譜，尚有人面桃花一種，我未見．位能吹笛鼓琴度曲，不失分刌，所作曲脫藁，老伶皆可按簡而歌，不煩點竄．卓女當壚敘卓文君奔司馬相如，開張酒店，男親滌器，女自當壚．賴縣令王吉令文君父分家財之半給他們，二人始閉了酒肆，向成都去．樊姬擁髻，敘伶元與樊姬同話漢宮故事，因寫飛燕外傳．酉陽修月敘吳剛聘請諸仙修月事．博望

『卓女當壚』

訪星敘張騫探河源，逆流而上，乃至天河，見牛、女二星事。

唐英字雋公，號蝸寄居士，官九江關監督，作劇十四種；雙釘案，梅龍鎭，女彈詞，麪缸笑，英雄報等十二種，總名爲古柏堂傳奇。而上舉數種尤爲舞台上所極歡迎的劇本，也有改爲皮黃劇本的。雙釘案又名釣金龜，敘張仁別母，仕於他鄉。母念之，命第二子義去看望他。義釣到了一個寶物金龜。仁妻見而欲奪之，以釘乘義睡時，貫入其頂而死之。母久候義不歸，欲自到仁衙去。一夜夢義歸來訴告。這個夢境寫得極陰慘。後母至衙，知義冤死，赴上級官府控告。卒以仁妻抵命。問官初檢驗不出義致死之傷痕何在，迫仵作說出。仵作憂悶的回家；其妻告以恐怕係釘貫頂。因此，問官又連帶的訊明了仵作妻殺死前夫之罪。故謂之『雙釘案』。梅龍鎭係敘明武宗微行遇李鳳姐，納之爲妃事。此劇寫市井的瑣事與酒女的情態很有趣，且充滿了詼諧的氣分，是一齣很好的喜劇。女彈詞寫天寶宮人以彈琵琶賣唱餬口，某一日，便把太真故事彈唱出來。聽客中恰有前在御橋上偷聞霓裳譜的李謩，便把老宮人收留了，要她傳授霓裳全譜。在這劇裏，作者使在那衰年的老宮人的琵琶裏，彈唱出最動聽的開天遺事，頗有以少許勝人多許的效力。英雄報叙韓信與劉滅楚後，以千金報漂母一飯之恩，又授在淮陰市上辱他的少年以官職。項王烏江自刎的悲壯的故事，作者又把牠放在信的口裏唱出。麪缸笑也是一篇很通俗，很可發笑的喜劇。二個客人在閩鄉縣妓女周蠟梅處吵鬧，爲巡夜者捉去。蠟梅不堪其擾。她的義母勸她從良。第二天，她便到縣衙要求從良。縣官把她嫁給差役張才。當夜，張才即被差出縣勾當。於是幾個差役及王書辦，典史，縣官等俱到張才處，求蠟梅續舊好，但卻互相躲避。書吏躲於竈中，典史躲於麪缸中，到了張才忽然而回，縣官卻又躲到牀下去。曲白都極通俗，一般人都可懂得。英之劇本，半是自己的創作，半是改作舊本，這一本便是把梆子腔改爲崑調的。

張堅，字漱石，江寧人，老於秀才，嘗入唐英之幕，相得甚歡。作劇四種，名玉燕堂四種曲。夢中緣叙鍾心與文媚蘭，陰麗娟的遇合事；梅花簪叙徐苞幼與杜女以梅花鬱訂婚，後苞遊學於外，杜氏受了無數的苦，終得團圓，御命成婚；懷沙記叙屈原沉江事；玉狐墜叙黃損與裴玉娥之遇合事。或把這四種曲合稱爲『夢梅懷玉』。

三

在這一世紀裏，著名的小說，出現了不少，最著者如紅樓夢，如儒林外史，如綠野仙踪，皆爲前無古人之作。所謂短篇的筆記小說，也有袁枚與紀昀之名盛一時的兩部作品，——子不語與閱微草堂筆記。

紅樓夢凡一百二十回，與水滸，西遊，金瓶梅並稱爲中國小說中的四大傑作；西遊寫仙佛鬼怪，寫英雄歷險，事蹟煩多，易於寫得長，水滸寫一百單八個好漢陸續的聚於梁山，每個人都有一段故事可寫，故也易於寫得長，惟金瓶梅與紅樓夢則惟寫一家一門之事，既無足驚聽聞之奇蹟與歷險，又無戰爭與艱苦之遭遇，乃能細細的寫到了那麼長，那麼動人，真是不容易。而紅樓夢只寫十幾個世事不知的富於情感的女郎，環境又復多相同，較之金瓶梅之寫市井無賴與十餘處境各各不同，閱歷各各不同之下中級婦人，其難易又不可同日而言．紅樓夢描寫之細膩，如以最小之畫筆，寫數十百美人於一紙，毛髮衣襞，纖毫畢現，而恣態風韻，一無雷同，實爲諸作中之最有描寫力者．

紅樓夢之作者爲曹霑，字雪芹，一字芹圃，鑲黃旗漢軍．祖寅，父頫，俱爲江寧織造．寅曾作楝亭詩鈔，著傳奇二種，並刻書十餘種．清世祖（康熙）五次南巡，曾有四次以寅之織造署爲行宮．故霑幼年乃生長豪華之環境中．後頫卸任，霑隨父歸北京，時約十歲．後曹氏忽衰落．中年時之霑，乃至貧居西郊，啜饘粥．作紅樓夢大約卽在此時．乾隆二十九年，霑卒，年四十餘．（一七一九？——一七六四）．

紅樓夢之別名至多，或名石頭記，或名情僧錄，或名風月寶鑑，或名金陵十二釵．初爲八十回，當乾隆中出現於北京，立卽風行一時，博得了極盛的讚聲．然八十回之紅樓夢本爲未完之書，於是續之者紛起，惟高鶚所補百二十回本最流行．高本出現於乾隆五十七年（一七九二）用木版排印．其他續書多泯滅．其後又有續高鶚增補之百二十回本的紅樓夢者，如後紅樓夢，紅樓夢補，續紅樓夢，紅樓圓夢，紅樓再夢，綺樓重夢等凡十餘種，大都皆欲將紅樓夢的結束改造爲大團圓的局面者，故都不足注意。

今就百二十本的紅樓夢，述其故事之大略如下。

在石頭城，有一座貴族的大第宅，是爲賈府，乃功臣寧國、榮國二公後人所居。襲寧公爵者爲其孫敬；敬棄家學道，其子珍襲爵，殊縱慾恣橫。又有一女，名惜春。珍生一子，名蓉，娶秦可卿。榮公有二孫，一孫女，長孫名赦，次名政，女名敏。赦生一子，一女，子名璉，娶王熙鳳，家政都由熙鳳主持。女名迎春。

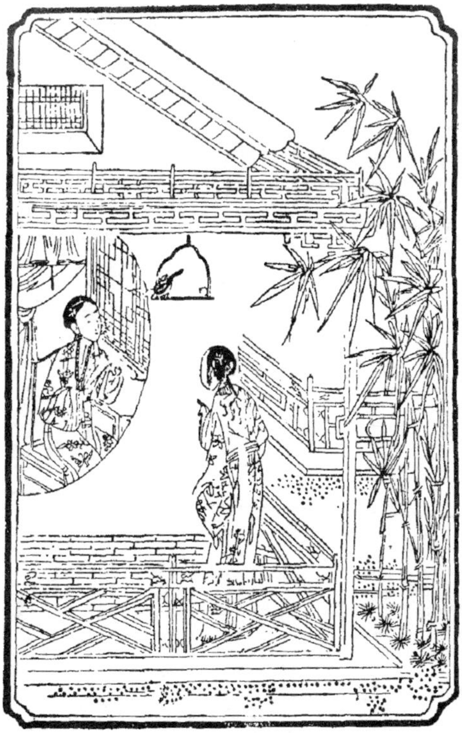

黛玉　從乾隆辛亥活字本

政妻王夫人，卽熙鳳之姑，生二子，一女，長子珠早卒，曾娶妻李紈，次子寶玉，卽本書之主人翁，長女元春選入王宮爲妃，次女名探春．敏嫁給林海，中年卒，遺一女，黛玉，卽本書中最重要的女主人翁．賈府中之最尊者爲史太君（賈母）卽赦、政之母．本書開場，卽敍林黛玉到了賈府寄住，與她的表兄弟寶玉相見．又有王夫人之戚薛母及其女寶釵亦來寄住．遠親史湘雲亦時來．尼妙玉，則住於後園中．

寶玉生時有奇蹟，口銜玉，玉上有字．賈母極鍾愛之．他殊聰慧，性格亦纏綿而多情，喜在女郎的叢伴中生活．當黛玉來賈府時，她與寶玉俱爲十一歲，寶釵則較長一年．寶釵性格渾厚而深沈，黛玉則爲肺病患者，性殊偏急而多愁．寶玉依暱於二人之間，而視黛玉爲尤厚．當元妃回家省親，賈府特闢大觀園以款宴之．大觀園結構之曲折弘幽是後人所希慕不已的．寶玉及諸姊妹後俱遷入園中居住．他日與黛玉，寶釵，李紈，王熙鳳，史湘雲，探春，惜春乃至妙玉，賦詩宴樂，生活於輕紗紅障之中，極富榮豪華之概．許多侍兒如襲人，晴雯，紫鵑等，亦爲他所昵愛．這樣的一個多情的美少年，這樣的消耗青春於美景與女郎，舒逸與情戀之中，使他益益的增長了溫潤纏綿的柔情．而因此，亦時時爲那柔情而生了苦悶．

但繼着這樣的煊赫的美滿的場面之後的便是日趨頹敗的景象．賈府之排場仍然不小，而內囊却已漸漸的感着空虛了．先之以秦可卿的自殺，隨之以金釧之投井，尤二姐之吞金，寶玉所愛之侍兒晴雯，又因犯『女兒癆』而被遣出，不久即死．於是悲涼的輕霧，漸漸的籠罩於煊麗無比的大觀園，漸漸的幕上了多情的寶玉的心頭．

八十回的紅樓夢在這樣的灰色霧中閉幕．高鶚的續本，便繼續上去寫着這一家貴族的頹運．寶玉失了他的通靈玉，

寶玉　從乾隆辛亥活字本

大病了一次，黛玉的肺病也一天天的深。元妃在宮中也染了病，不久卽死。賈政欲爲寶玉結婚，以黛玉羸弱，乃與寶釵訂婚。這樣的婚事計劃，密不使寶玉知之。寶玉還以爲與他對親的一定是黛玉。不料成婚之夕，乃知新婦卻是寶釵，便又病了。同時，黛玉聽了寶玉結婚的消息，病益甚，日咯血。到了賈府喜氣瀰漫賓客喧賀着寶玉時，淒涼的居於瀟湘館裏的黛玉卻淒涼不堪的死去

林黛玉　改琦作

了．後來賈赦犯了『交通外官，倚勢凌弱』之罪名，奉旨查抄賈府．雖結果沒有得到什麼大罪，卻使這個大府邸中益現出落日窮途的景象來．不久，史太君又一病而亡，妙玉則遭盜刼．不知所終，王熙鳳也憂憤的死去．但寶玉的病，却爲一僧所治愈．愈後，他便奮志讀書，次年應鄉試，以第七名中式．寶釵也有了孕．於是寶玉便亡去，不知所往．賈政葬母後回京，雪夜泊舟毗陵驛，見一人光頭赤足，披大紅猩猩氈斗篷，向他下拜．審視知爲賈玉．方時說話，忽來一僧一道，引他而去．百二十回的紅樓夢便在此告了結束．

曹霑的描寫力，想像力俱極豐富，高鶚的續筆也不弱．所描寫的人物，凡男子二百三十五人，女子二百十三人，個個都有極濃摯的個性，寫賈母便活畫出一個偏愛的席豐履厚的老婦人來，寫黛玉便活畫出一個性情狹小，時時無端愁悶的有肺病患者的少女來，寫王熙鳳也便活畫出一個具深沉的心計的能幹少婦來，甚至於不重要的焦大，薛蟠，劉老老，板兒，以及幾個僕人的『家的，』也都寫得很活潑，如我們所常遇到的真實的人物。在全書的結構方面也完全擺脫了向來小說的窩臼，與那些『開口文君，滿篇子建，千部一腔，千人一面』的才子佳人書截然的換了一個世界。我們看厭了那些才子佳人書，只要一翻開了紅樓夢，便如從灰色壁牆，粗白木椅桌，可厭的下等廣告畫的小室裏逃出，逃到了綠的水，青的天，遠望無邊際的開着金花的田野，天上迅飛着可愛的黑衣燕子，水邊低拂着嫩綠的柳絲的美景中似的。一般小說，所用的文字，書中人物所說的話，往往『之乎者也，非理卽文，大不近情，自相矛盾，』而我們在紅樓夢見的却是最自然的敍述，最漂亮的對話。

喜讀紅樓夢者旣多，便有一般文人來用種種的眼光去看牠，去探討牠，以爲牠裏面必蘊藏着許多歷史上的珠寶。所謂『紅學』之興，便是由此。這是紅樓夢的大不幸，也就是讀者的大不幸。我們只要一染上了這種研究的色彩，一戴上了那些索引式的眼鏡，對於紅樓夢便要索然的感着無味了。正如一位無端自擾的偵探一般，苦悶的摸索着，而得到的卻是『空虛』！大抵諸說中有力者凡三：一、謂紅樓夢係敍康熙朝之宰相明珠家事，賈寶玉卽明珠子納蘭成德。（俞樾諸人主張）二、謂寶玉係指清世祖，黛玉卽指董鄂妃。（王夢阮，沈瓶庵主張）三、謂係敍康熙時代之政治史，十二釵卽指姜宸英，朱彝尊諸人。（蔡元培主張）這三說之外，尚有以爲係演明亡痛史者，以爲係演和坤家事，或以爲係

晴雯　改琦作

演清開國時六王七王家姬事者，俱極無稽。自胡適作紅樓夢考證，以紅樓夢裏所敍的事蹟，與作者曹霑的家世及生平相對照，乃掃除以上諸說，決定此書乃爲作者的自敍傳。『紅學』之研究至此乃告一結束。作者在本書的開始，卽自言：『今風塵碌碌，一事無成，忽念及當日所有之女子，一一細考較去，覺其行止見識皆出我之上……當此日欲將已往所賴天恩祖德，錦衣紈袴之時，飫甘饜肥之日，背父兄教育之恩，負師友規訓之德，以致今日一技無成，半生潦倒之罪，論述一集，以告天下，知我之負罪固多，然閨閣中歷歷有人，萬不可因我之不肖，自護己短，一幷使其泯滅也。』又有一詩：『滿紙荒唐言，一把辛酸淚。都云作者癡，誰解其中味！』作者固已明白的告訴大家以此書爲他的自傳了！

儒林外史沒有紅樓夢那麼婉柔的情調，沒有紅樓夢那麼細膩周密的風格，然牠却是一部尖利的諷刺小說，一部發揮作者的理想的小說。此書作者爲吳敬梓，字敏軒，安徽、全椒人。幼頴異，精於文選。然性豪邁，又不善治生產，不數年資財俱盡，時或至於絕糧。雍正間，曾一度被舉應博學宏詞科，不赴。移居金陵，爲文壇之中心。晚客揚州，自號文木老人，乾隆十九年卒，年五十四（一七〇一——一七五四）所著於本書外有文木山房集及詩說。

本書凡五十四回，爲敬梓在南京時所作，後發刋於揚州。他一面指擊當時頽敗的士風，一面發揮他自

王熙鳳　改琦作

己的理想社會與理想生活。書中人物大抵爲實在的，如杜少卿卽爲他自己，杜愼卿爲其兄靑然，莊尙志爲程緜莊，虞育德爲吳蒙泉，餘皆可指證。敬梓的文筆很鋒利，描寫力很富裕，惟見解帶太多的酸氣，處處維持他的正統的儒家思想，頗使讀者有迂闊之感。又結構也很散漫。論者謂：『其書處處可住，亦處處不可住。……此其弊在有枝而無幹。……無惑每篇自爲篇，段自爲段矣。』這是極確切的批評。本書刻本頗多，有排列全書人物爲『幽榜』作爲一回，加入篇末，統爲五十六回，又有補作四回，合爲六十回者。

紅樓夢與儒林外史俱爲寫現實社會的小說，人物也多是實在的，綠野仙踪則一反之，專寫怪幻的神仙異蹟。然其筆墨之橫恣可愛，卻使人決不至以其荒唐無稽而棄之。綠野仙蹤凡八十回，作者僅知爲李百川，而不知其眞姓名，成書之時，則在乾隆二十九年（一七六四）。書中之主人翁爲冷于冰，敍他修道降怪諸奇蹟，並敍其弟子溫如玉，連城璧，金不換，猿不邪諸人事，也都極神奇變幻之致。全書最可愛的地方，乃在：(一)首數回敘冷于冰爲嚴嵩客，見不慣那勢利的官場，又看着忠臣楊繼盛的被殺，覺着富貴功名都爲飄風疾雨，因決心去修道。作者寫齷齪之官場，雖不過寥寥的二回，卻已可抵得南亭亭長之官場現形記一部。第四回敘楊繼盛之死，極爲動人，遠勝於鳴鳳記及表忠記諸劇本。(二)全書中敘溫如玉嫖妓受欺；作者在那里把妓院的情景寫得極真切，一切假情的妓女，愛錢的鴇兒，幫閑的食客，個個都寫得生動異常。花月痕中把妓女寫得太高尚了，未必是真實的人物，這書裏的金鐘兒玉磬兒卻是真實的人，我們隨時可以遇到的。較之一般所謂『青樓小說』之九尾龜之流，作者所寫只有更真實。(三)最後數回，敘諸弟子各入幻境，歷受誇惑，作者確是用著大力量寫得異常的緊張，能使讀者迷惑而隨了他們入那幻境，直至最後才突然的明白。此書因有幾處猥褻的描寫，曾被禁止發售，近來新印本都已將那些地方刪去，然卻連帶的把好些描寫得細膩而並不淫褻的地方也刪去了，真是本書的阨運！

在以上三大作之外，屠紳的蟫史也應一敘。紳字賢書，號笏巖，江陰人。年二十卽成進士，後爲廣州同知。年五十八卒於北京（一七四四——一八〇二）。蟫史凡二十卷，主人翁爲桑蠋生，卽作者之自況。中敘桑蠋生佐甘鼎築城，於地穴得異書三篋，因此，鼎乃得平定酈天龍之亂，並滅交趾。功成，二人俱身退。此書喜寫幻奇之神蹟，而又雜以褻語，頗平凡，沒有什麼可觀，然好用硬語，摹古書，『成結屈之文，遂得掩凡近之意』。

溫如玉與妓女金鐘兒的故事，是綠野仙蹤寫得最好的一段，也是許多『妓院文學』中寫得最好的一段。

而實遠不如前面三部小說之偉大.

袁枚字子才,號簡齋,又號隨園老人,爲乾隆三大詩人之一(一七一六——一七九七).他的子不語(又名新齊諧)凡二十四卷,又續十卷,包含怪異之故事六百七十二篇,又續二百七十八篇,俱用潔明的文體以寫之,但却大抵爲片段之作,

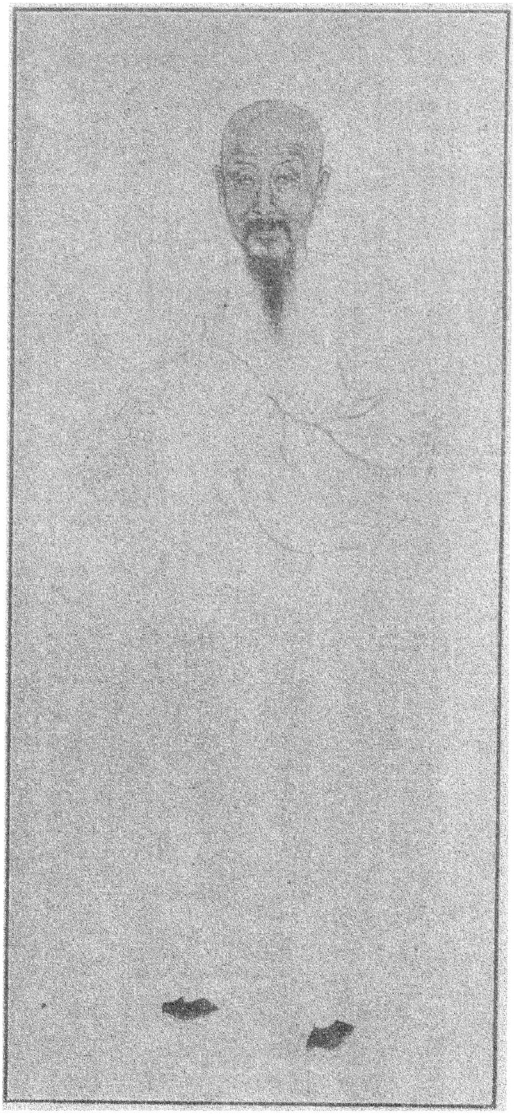

袁枚

可成爲短篇的有雋永的情味的小說者至少。

可與聊齋志異相拮抗者爲紀昀之閱微草堂筆記。昀字曉嵐，直隸獻縣人，官至侍讀學士，因事被謫戍烏魯木齊，後召還，爲四庫全書館之總纂官，他的畢生精力都用在四庫提要上。嘉慶十年，拜協辦大學士，加太子少保，管國子監事。同年卒，年八十二（一七二四——一八〇五），謚『文達』。閱微草堂筆記凡五種，即灤陽消夏錄，如是我聞，槐西雜誌，姑妄聽之，及灤陽續錄。風格質峭簡淡，與聊齋志異之豐腴的風格恰相反。他喜於紀事之間雜以議論，又多述因果之論，更時時托鬼狐之言譚，以致其尖利的譏刺。

同時之筆記作者至多，最有名者爲吳門沈起鳳之諧鐸，凡十卷，滿洲和邦額之夜譚隨錄，凡十二卷，長白浩歌子之螢窗異草，凡十二卷，臨川樂鈞之耳食錄，凡二十卷。

四

這時期的詩人至多，各有所樹立，袁枚，蔣士銓，趙翼並稱爲三大家，而厲鶚，沈德潛，趙執信，翁方綱，黃景仁，舒位，郭麐，鄭燮亦博得同時的盛譽。

袁枚，錢塘人，爲人通脫佚蕩，頗爲當世所謂學者所訶責。然在當時影響極大，儼爲當時東南文壇的大領袖。他的古文與駢文俱暢達而有才氣。詩主性靈之說，以爲：詩者人之性情也，性情之外無詩。故任情而言，以輕潔明白動人。因此頗被譏爲淺露。所作有隨園三十六種，今猶盛行於世。

蔣士銓之忠雅堂詩集，以敍事諸作見稱。他能用秀麗悽鬱之筆，寫驚人激楚之故事，故殊動人。論者謂他的「古詩勝近體，七古尤勝。蒼蒼莽莽，不主故常。正如昆陽夜戰，雷雨交作，又如洞庭君吹笛，海立雲垂。」今舉一例：

仙官來往天台裏，父老趨迎男婦喜。居民捧輿度岩嶼，絳節桃花相迤邐。老藤蟠屈寒蛟僵，萬古甲子不可量。始爲繞指柔，漸成百鍊剛。脫身未肯附松柏，定性久已忘冰霜。斂肉入皮筋入骨，混沌花葉皆收藏。山鬼驚看避神物，飛仙偶踏行石梁。不知歲月冉冉過，但覺年命迢迢長。仙官遊金庭，碧林瑤草香，不覓胡麻飯，不攜采藥筐，長揖天姥云：吾友有母壽且康，願乞此藤作鳩杖，庶幾筋力如藤強。天姥願之笑，美哉公意厚。益臧神人斤斧，乃一舉截藤九尺直以方。仙官拜賜去，洞天閬寂山蒼茫。攜藤歸遺小人母，堂北老親開笑口。仙人之貽我則有，敢不拜嘉同稽首。重孫代杖可釋肩，看雲數雁藤周旋。擲空眞化老龍去，倚壁不擾慈鳥眠。老安少懷見公志，忠信作杖扶危顚。公身健勁比藤健，對狐敢近天龍禪。此藤托根本福地，由公歸我數則然。摩挲後世見手澤，母壽願與藤齊年。

（天台萬年藤杖歌謝陳象臣夢說觀察）

趙翼字雲崧，號甌北，陽湖人，著甌北集（一七二六——一八一三）。其詩橫恣倜儻，以議論以機警的諷刺勝。或謂他『雖不能爲杜子美，於楊誠齋則有過之無不及。』他傲然的答道：『吾詩自爲趙詩，何知唐、宋！』中國本少像他那樣的詩，正自可獨稱爲『趙詩』。他亦善爲考證之學，著廿二史劄記及陔餘叢考。今舉其詩一首：

紙窗涼逼露華淸，顧影蕭然感易生。漸老鬢毛攙黑白，就衰筋骨驗陰晴。將車送鬼窮難去，食字求

仙倏未成手剔寒燈淸不寐階前落葉報秋聲。（漫興）

厲鶚字大鴻，號樊榭，錢塘人（一六九二——一七五三），著樊榭山房集。詩品殊淸高，如絕壁孤松，自甘淸泊。亦善詞，淸俊雅秀，爲當時一大家。

沈德潛字確士，號歸愚，長洲人，爲江南老名士，年六十六始舉於鄉。後爲編修。相傳他曾代高宗爲詩，御製集中，半是他的代作。死年九十七（一六七三——一七六九）。他的詩講究格律，而傷於摹擬，規行矩步，無豪邁之氣。著矢音集及竹嘯軒詩鈔，又編古詩源及五朝詩別裁集，在當時響影極大。

趙執信字伸符，號秋谷，晚號飴山老人（一六六一——一七四二），山東益都人，爲王士禎之甥婿，而頗不喜士禎的神韻說，著談龍錄力攻之。又著聲調譜以發詩祕。他的詩，紀昀稱爲『以思路鑱刻爲主……才力銳于王，而末流病纖小。』他的詩集，名飴山堂集。他最服膺常熟馮班，班字定遠，號鈍吟，也是反對士禎之詩論的。

厲樊榭先生小象
光緒癸巳年五月二日
同里後學高學治謹題 時年歐八十

翁方綱字正三，號覃溪，大興人，少年登第，功名顯達，常數典鄉試。他精於金石書畫之學，詩宗江西派，出入山谷誠齋間。他的論詩，謂：「漁洋拈神韻二字，固為超妙，但其弊恐流為空調」，故特拈肌理二字，蓋欲以實救虛。著復初齋集。今舉一例：

步出長松門，猶聽松濤響。路滑不容去，俯側潭深廣。奇哉玉淵字，其氣雄千丈。建瓴東北來，直瀉勢莽莽。到此一洄漩，小作圓折養。然後萬珠璣，滾滾橫摩盪。劃翻水晶宮，神龍擊蛟蟒。精靈來會合，虛無出惚恍。誰識中粹溫，玉烟浮盎盎。拈破鯢桓機，何如求象罔。（玉淵潭）

黃景仁字漢鏞，一字仲則，武進人。生平殊清苦，年三十五，卒於遠鄉之客舍（一七四九—一七八三）。詩亦如其人之清苦，洪亮吉評之為「秋蟲咽露，病鶴舞風」。著兩當軒集，又工駢文，與洪亮吉齊名，時稱「洪、黃」。今舉其詩一首：

五劇車聲隱若雷，北邙誰見塚千堆。夕陽勸客登樓去，山色將秋遶郭來。寒甚更無修竹倚，愁多思買白楊栽。全家都在風聲裏，九月衣裳未剪裁。（都門秋思）

舒位著的瓶水齋集，與黃仲則之兩當軒集，俱曾為讀者所熱烈的讚頌過。但黃詩淸峭，他的詩則婉妙而含蓄．他與秀水王曇，昭文孫源湘有『三君』之稱．

郭麐字祥伯，號頻伽，吳江人（一七六七——一八三一）著靈芬館集．他的詩淸幽秀峭，情趣雋永，詞尤纏綿悱惻，與厲鶚同爲大家．

鄭燮字板橋，福建莆田人，乾隆元年進士．有板橋集．他在中國詩壇上的地位很奇異；他是一個通俗的詩人，說起鄭板橋來，幾乎人人都知道，但正統派的文人卻很看不起他，正如他們之看不起張朵李漁一樣．如今我們卻不能不給他一個地位．他的詩，當然不是金鑲玉砌，反之，卻是明白如話，淸澄如水的．在這些最淺易的詩中，他沒有的是繽紛的辭華，有的却是向來詩人不常有的博大的人道精神．他爲農夫呼籲，爲童養媳呼籲，他反對胥吏的私刑，反對人間的一切暴政．『豈無父母來洗泪飾歡娛．豈無兄弟來，忍痛稱姑劬．疤痕掩破襟，禿髮云病疎．一言及姑惡，生命無須臾』（姑惡）這寫得受苦無告的養媳是如何的動人．這是中國詩人向來不曾踏到的地域！

張惠言亦以『詞』名於時。曾編詞選，擇取極精，其自作亦卓立足以自然。『常州詞派』遂由他而造成。此派源深流遠，至下一世紀還流風未泯。惠言字皋文，有茗柯詞。同時，黃景仁有竹眠詞，左輔字仲甫，陽湖人，有念宛齋詞，惲敬有蕪塘詞，錢季重，陽湖人，有黃山詞，張琦字翰風，陽湖人，有立山詞，李兆洛有蜩翼詞，丁履恆字若士，有宛芳樓詞，陸繼輅字祁士，有清鄰詞，金應瑊字子彥，歙人，有蘭簃詞，金式玉字朗甫，歙人，有竹鄰詞，鄭善長名掄元，歙人，有字橋詞，此皆列於常州詞派之內者。這一派的作風，可以惠言的玉樓春一首爲例：

一春長放秋千靜，風雨和愁都未醒。裙邊餘翠掩重簾，釵上落紅傷晚鏡。　朝雲卷盡雕闌暝，明月還未照孤凭，東風飛過悄無蹤，却被楊花微送影。

綺膩哀豔，宛曲柔和，是他們的特色，而其失則個性不大鮮明，少豪邁磊落之聲容，無浩莽偉壯之氣魄。惠言有甥董士錫，亦善於爲詞。士錫字晉卿，有齊物論齋詞。又有長洲宋翔鳳著香草詞，洞簫詞，碧符周之琦，著金梁夢月詞，皆可屬於這一派.

於上述諸詩人外，張問陶，王文治，王鳴盛，王昶，錢大昕，吳錫麒，金農，杭世駿諸人也很有詩名. 張問陶字仲冶，號船山，四川遂寧人（一七六四—一八一四），著船山詩集，王文治字禹卿，號夢樓，丹徒人，著夢樓詩集. 王鳴盛亦工於考證，著廿一

杭世駿

史考異，王昶嘗增補朱彝尊之詞綜，又編淸詞綜。錢大昕亦長於考證，他的十駕齋養新錄爲後來學者所珍。吳錫麒以駢文著。杭世駿字大宗，號堇甫，仁和人（一六九六——一七七三），爲當時甚得稱譽之大作家，其散文也很有名，著道古堂全集。

五

駢文在這個時期是經了久疲之後的中興。自宋以後，作駢文而工而有才氣魄力者，幾於絕無僅有。至此時期，則作者蠭起，而各有所長，工夫深厚而才藻繽紛，爲唐以後所未有之盛況。在前世紀，已有吳兆騫陳其年，吳綺開創風氣於前。這時期則胡天游，邵齊燾，劉星煒，吳錫麒，曾燠，洪亮吉，孫星衍，孔廣森，汪中，吳鼒諸人，各各虎據着駢文的高壇的一角，氣壯而文達，辭麗而理明。胡天游字稚威，號雲持，山陰人（一六九五——一七五七）著石笥山房集，其文奧博而奇肆，氣象很廣大。邵齊燾字荀慈，號叔宀，昭文人（一七一八——一七六九）著玉芝堂集，能於綺藻豐褥之中，存簡質淸剛之制。劉星煒字映榆，武進人，著思補堂集。吳錫麒字聖徵，號穀人，錢塘人，著有正味齋集。曾燠字庶蕃，號賓谷，著賞雨茅屋集。此三人皆與邵齊燾同時，星煒之文光潔而明顯，錫麒之文深厚而委婉，賓谷之文則淸瑩而華妙。游齊燾之門下者則有洪亮吉。亮吉爲文氣勢甚闊大，內容亦殊充實，著卷施閣集。他長於經學，史學，爲當時有名之學者。孫星衍與亮吉齊名，亦以經學著，時稱孫、洪。星衍字

孫星衍

淵如，陽湖人，（一七四一—一八〇六）其爲文風骨遒勁。著問字堂集及岱南閣集。孔廣森字撝約，號顨軒，曲阜人，（一七五二—一七八六）亦以經學著，有儀鄭堂集，爲文亦宛曲達意。吳鼒嘗選以上八人之文爲駢文八大家。汪中不預於八家之列，而其文卻高出於他們遠甚。中字容甫，江都人，有汪容甫集。（一七四四—一七九四）他的駢文爲工至深，而才氣縱橫，指揮藻典，無不如意，使我們讀之，如讀清澈明朗之文章，而深爲之感動，毫不覺得其爲艱深之駢文。這真可謂之特創的『汪體』了！吳鼒字山尊，號抑庵，全椒人，著夕葵書屋集，爲文沈博綺麗，亦可自成爲一家。

六

衍前期歸有光之緒餘的桐城派的古文，在這時期也顯着異常的光芒，給後一世紀以很大的影響。桐城派古文家之中心爲姚鼐，在鼐之前者，有方苞，劉大櫆。這三人皆爲安徽桐城人，故世號之爲桐城派。方苞字靈皋，號望溪，（一六六八—

一七四九)著望溪文集.他的古文穩重而淡遠,所缺的却是才氣.劉大櫆字耕南,號海峯,其文較苞爲尤下,無足稱.

姚鼐字姬傳,一字夢穀(一七三〇——一八一四)曾受業於大櫆.自他出來,所謂桐城派之古文始光大而有影響於世.他著惜抱軒集,又編古文辭類纂,以示

姚鼐

所謂古文之準的。鼐的古文也未有多大的才氣，而醇厚清遠是其特色。當時漢學之威風披靡一世，學者競事考證，詆斥宋儒，鼐則頗與這個潮流相抗，以爲義理、考證、詞章三者不可闕一。義理爲幹，然後文有所附，考據有所歸。後來桐城派諸作家皆守此訓言而無違。

當時卽受桐城派之影響而別成一支流者有陽湖派。這一派的中心爲惲敬及張惠言。敬字子居，陽湖人，（一七五七——一八一七）他著大雲山房集，文亦清遠有情致。故謂之陽湖派。惠言字皋文，武進人（一七六一——一八〇二）著柯茗文集。他是多方面的作家，才氣殊橫逸，於經學則有特長的研究，於駢文則成一大家，於詞則亦成爲一派而有很大的影響，於古文亦雄偉有氣魄，高出於當時古文諸子。

不以古文家著稱，而善於條暢明達之風格敍寫事理者，有藍鼎元，全祖望，戴震，崔述，章學誠，焦循，諸人。藍鼎元字鹿洲，漳浦人，爲官有能名。（一六八〇——一七

(三二)世俗所傳藍公案(小說)即爲敘述他的政績者。著鹿洲集。全祖望,字謝山,鄞縣人,(一七〇五—一七五五)著結琦亭集其中史料極多。戴震,字愼修,一字東原,休寧人爲當時經學大師,影響極大,著戴氏遺書。崔述,字東璧,大名人,(一七四〇—一八一六),著崔東璧遺書,以謹愼的不苟信的態度去研究古書古史,發現了不少前人所未見到的疑點,改正了不少前人所疏忽的錯誤。當時未有什麽影響,近來始爲時人所推許甚至。章學誠,字實齋,會稽人,以文史通義一書博得了不朽的榮名。嘗以儒者的眼光痛詆袁枚。焦循,字理堂,甘泉人,(一七六三—一八二〇),爲當時經學專家之一,著雕菰樓集,他的劇說,在戲劇研究上是一部跟有用的書。

參考書目

一.孔尙任的桃花扇刊本至多,有原刊本,有暖紅室刊本,有石印本。

二.小忽雷有暖紅室刊本。

三.洪昇的長生殿,刊本至多,有原刊本,有暖紅室本,有石印本.
四.萬樹的空青石,風流棒,念八翻有原刊本.
五.周穉廉的珊瑚玦及雙忠廟,有原刊本.
六.盧見曾的旗亭記及玉尺樓有原刊本.
七.楊潮觀的吟風閣雜劇,有原刊本.
八.夏綸的惺齋六種曲有原刊本.通常爲五種,花萼吟是續加上去的.
九.蔣士銓的紅雪樓九種曲有原刊本,甚易得.
十.舒位的瓶笙館修簫譜有汪氏振綺堂刊本.
十一.桂馥的後四聲猴有上海聚珍倣宋印書局印本.
十二.唐英的古柏堂傳奇,有原刊本.
十三.張堅的玉燕堂四種曲,有原刊本.
十四.紅樓夢有有正書局影印之八十回本,有乾隆間排印之百二十回本,有亞東圖書館的鉛印本

（附胡適的考證）此外坊刊本極多。

十五．儒林外史有齊省堂評刻本，有商務印書館鉛印本，有同治間大字刊本，有亞東圖書館本，此外坊刊本極多。

十六．綠野仙踪有同治間刊袖珍本，有石印本，但石印本多刪節的地方。

十七．蟫史有申報館鉛印本。

十八．子不語坊刊本極多，但隨園三十六種本爲完全未加刪節者。

十九．閱微草堂筆記坊刊本極多，諧談等也都有坊刊本。

二十．袁枚的隨園三十六種有鉛印本。

二十一．蔣士銓的忠雅堂詩文集有藏園自刻本，有廣東翻刻本。

二十二．趙翼的甌北集，有趙甌北全集本，又甌北詩鈔，有原刊本。

二十三．厲鶚的樊榭山房集，有乾隆四年刻本，又有翻刻本。

二十四．沈德潛的歸愚文鈔，矢音集，竹嘯軒詩鈔俱有原刊本。古詩源及五朝詩別裁則坊刻本很多。

二十五、趙執信的談龍錄及聲調譜有藝海珠塵本，又有花薰閣詩述本。他的飴山堂集有乾隆時因園刊本。

二十六、翁方綱的復初齋集，有原刊本，有光緒間重刊本。

二十七、黃景仁的兩當軒集有乾隆間刊本，有石印本。

二十八、舒位的瓶水齋集有原刊本，有杭州重刊本。

二十九、郭麐的靈芬館全集有原刊本，靈芬館雜著有花雨樓叢書本。

三十、船山詩集有原刊本，有坊刻本。船山詩選，有士禮居刊本。

三十一、夢樓詩集，有食舊堂原刊本。

三十二、杭世駿的道古堂集有乾隆間刊本。

三十三、胡天游，邵齊燾諸人文集，俱有原刊本。

三十四、汪中的汪容甫集，近中國書店印本最完備。

三十五、望溪集有乾隆十一年程氏刊本。

三十六，惜抱軒集有嘉慶間刊本，有惜抱軒十種本。
三十七．大雲山房集有原刊本。
三十八．茗柯文編有花雨樓叢書本。
三十九．藍鹿洲集有原刊本。
四十．結埼亭集有原刊本，有翻刊本。
四十一．崔東壁遺書有畿輔叢書本，有日本鉛印本，有石印本。
四十二．章氏遺書（文史通義在內）有近人劉氏刊本。
四十三．雕菰樓集有阮氏原刊本，劇說有曲苑本。
四十四．本期的詞，可讀譚獻的篋中集，有半厂叢書本。

年表（三）

年表三

（公元一五〇一年——公元一八〇〇年）

公元一五〇六年——歸有光生。

公元一五一〇年（？）——吳承恩生。

公元一五一四年——李攀龍生。

公元一五一五年——意大利詩人亞里奧斯托的大著奧蘭度的狂怒寫成。

公元一五一六年——慕爾的烏托邦出版。李東陽死。

公元一五二一年——何景明死。徐渭生。

公元一五二三年——唐寅死。

公元一五二六年——王世貞生。

公元一五二七年——馬查委里死。

公元一五二八年——王守仁死.

公元一五二九年——李夢陽死.

公元一五三三年——亞里奧斯托死.法國作家曼唐生.

公元一五三五年——英國作家慕爾死.

公元一五三六年——荷蘭作家伊拉司摩死.

公元一五四四年——意大利詩人泰沙生.

公元一五四七年——西班牙大作家西萬提司生.李維楨生.

公元一五五〇年——湯顯祖生.

公元一五五二年——英國詩人史賓塞生.

公元一五五三年——法國作家拉培萊死.

公元一五五四年——英國詩人西特尼生.

公元一五五九年——楊愼死.

公元一五六〇年——英國哲學家培根生。
公元一五六二年——西班牙詩人委珈生。意大利作家彭特洛死。
公元一五六三年——英國作家特萊頓生。
公元一五六四年——英國大詩人與戲劇家莎士比亞生。
公元一五七〇年——李攀龍死。
公元一五七一年——歸有光死。
公元一五七六年——德國作家沙克士死。
公元一五八〇年——吳承恩死。
公元一五八六年——英國詩人西特尼死。
公元一五九〇年——德國作家費士查特生。王世貞死。
公元一五九一年——英國詩人赫里克生。
公元一五九二年——曼庴死。

公元一五九三年——英國戲劇家馬洛被刺死．英國作家瓦爾頓生．徐渭死．

公元一五九五年——泰沙死．

公元一五九六年——法國哲學家狄卡爾生．

公元一五九八年——瑞典詩人史脫乾爾姆生．

公元一五九九年——史賓塞死．

公元一六〇〇年——西班牙大戲劇家卡爾狄龍生．

公元一六〇五年——西萬提司的吉訶德先生第一分出版．英國詩人白朗生．

公元一六〇六年——法國戲劇家孔耐爾生．

公元一六〇八年——英國大詩人米爾頓生．

公元一六一〇年——金瓶梅刋行於是年．

公元一六一一年——湯顯祖死．

公元一六一三年——顧炎武生．

公元一六一六年——西萬提司死。莎士比亞死。
公元一六一八年——侯方域生。
公元一六一九年——王夫之生。
公元一六二〇年(?)——丁耀亢生。
公元一六二一年——法國寓言作家拉芳登生。
公元一六二二年——法國大戲劇家莫里哀生。
公元一六二三年——法國作家柏斯哥斯生。
公元一六二四堂——施閏章生。
公元一六二六年——培根死。李維楨死。
公元一六二八年——彭揚生。黃宗羲生。
公元一六二九年——朱彝尊生。法國大主教李查留創立法蘭西學院。
公元一六三〇年——蒲松齡生。

公元一六三一年——特萊頓死。
公元一六三四年——王士禎生。
公元一六三五年——西班牙作家委珈死。
公元一六三六年——法國批評家鮑哇留生。
公元一六三七年——英國作家瓊生死。
公元一六三九年——法國大戲劇家藍辛生。
公元一六四四年——李自成入北京。明莊烈帝自殺。
公元一六四五年——清兵陷南京。執福王。
公元一六五〇年——狄特洛死。
公元一六五一年——米爾頓失明。法國作家法奈龍生。
公元一六五四年——英國作家特里頓生。侯方域死。
公元一六五五年——納蘭性德生。

公元一六五九年——英國小說家狄孚生。
公元一六六一年——趙執信生。
公元一六六二年——柏斯哥爾死。
公元一六六七年——英國諷刺作家史惠夫特生。
公元一六六八年——法國小說家萊沙琪生。
公元一六七二年——英國批評家散文家史狄爾及愛迭生並生於是年。瑞典作家史脫乾爾姆死。
公元一六七三年——莫里哀死。沈德潛生。
公元一六七四年——米爾頓死。赫里克死。
公元一六八一年——西班牙戲劇家卡爾狄龍死。
公元一六八二年——顧炎武死。英國作家白朗死。
公元一六八三年——英國作家瓦爾頓死。

公元一六八四年——法國劇戲家孔耐爾死.

公元一六八五年——納蘭性德死.丹麥作家霍爾堡生.

公元一六八八年——彭揚死.英國詩人蒲伯生.

公元一六八九年——施閏章死.英國小說家李查得孫生.法國大作家孟德斯鳩生.

公元一六九一年——丁耀亢死.

公元一六九二年——王夫之死.厲鶚生.

公元一六九四年——法國大作家福祿特爾生.

公元一六九五年——法國寓言作家拉芳登死.

公元一六八六年——杭世駿生.

公元一六九七年——法國小說家甫里浮士特生.

公元一六九九年——法國戲劇家藍辛死.黃宗羲死.

公元一七〇〇年——英國作家特里頓死。
公元一七〇一年——吳敬梓生。
公元一七〇五年——全祖望生。
公元一七〇六年——美國作家法蘭克林生。
公元一七〇七年——英國小說家費爾丁生。意大利戲劇家郭爾杜尼生。
公元一七〇八年——朱彝尊死。
公元一七〇九年——英國作家約翰生生。
公元一七一一年——王士禎死。法國批評家鮑哇留死。
公元一七一二年——法國大思想家盧騷生。
公元一七一三年——英國作家史托痕生。法國作家狄特洛生。
公元一七一五年——蒲松齡死。法國作家法奈龍死。
公元一七一六年——英國詩人格萊生。袁枚生。

公元一七一九年——愛迭生死.紅樓夢之作者曹霑生.(?)
公元一七二一年——英國小說家史摩勒特生.
公元一七二四年——德國作家克洛卜斯篤克生.紀昀生.
公元一七二五年——蔣士銓生.
公元一七二六年——趙翼生.
公元一七二八年——英國作家高爾斯密士生.
公元一七二九年——史狄爾死.德國批評家戲劇家萊新生.
公元一七三〇年——英國小說家狄孚死.姚鼐生.
公元一七三一年——英國詩人考卜生.
公元一七三六年——桂馥生.
公元一七三七年——英國歷史家琪彭生.
公元一七四〇年——崔述生.

公元一七四一年——趙執信死。孫星衍生。
公元一七四三年——丹麥戲劇家依瓦爾特生。
公元一七四四年——英國詩人蒲伯死。汪中生。
公元一七四五年——英國諷刺作家史惠夫特死。
公元一七四七年——法國小說家萊沙琪死。
公元一七四九年——德國大詩人歌德生。意大利詩人阿爾菲里生。黃景仁生。
公元一七五二年——英國童年詩人查托登生。
公元一七五三年——厲鶚死。
公元一七五四年——英國小說家費爾丁死。丹麥戲劇家霍爾堡死。吳敬梓死。
公元一七五四年——意大利詩人蒙底生。
公元一七五五年——孟德斯鳩死。全祖望死。
公元一七五七年——英國詩人勃萊克生。

公元一七五九年——英國詩人葆痕士生.德國詩人與戲劇家席勞生.

公元一七六一年——張惠言生.英國小說家李查得孫死.

公元一七六二年——法國詩人查尼葉生.

公元一七六三年——法國小說家甫里浮士特死.杭世駿死.焦循生.

公元一七六四年——曹霑死.

公元一七六五年——舒位生.

公元一七六六年——法國作家史達埃爾夫人生.俄國作家卡倫辛生.

公元一七六七年——郭麐生.

公元一七六八年——史托痕死.法國作家察杜白里安生.俄國寓言作家克魯洛夫生.

公元一七六九年——沈德潛死.

公元一七七〇年——查托登死.英國詩人華茲華士生.

公元一七七一年——史摩勒特死.格萊死.英國詩人小說家史格得生.

公元一七七二年——英國詩人柯爾律治生.西班牙詩人昆泰那生.

公元一七七三年——德國詩人迭克生.

公元一七七四年——高爾斯密士死.英國詩人沙賽生.

公元一七七五年——英國女小說家奧斯丁生.英國作家蘭姆生.

公元一七七八年——盧騷死.福祿特爾死.意大利作家福士考洛生.

公元一七七九年——丹麥悲劇家奧連契拉格生.

公元一七八一年——德國批評家萊新死.丹麥戲劇家依瓦爾特死.德國詩人查米莎生.

公元一七八二年——瑞典詩人脫格納生.

三年——黃景仁死.美國作家歐文生.

法國作家狄特洛死.約翰生死.

……意大利小說家曼莎尼生．德國童話家

……死．梅曾亮生．德國童話家威廉格林生．

……國詩人拜倫生．德國哲學家叔本華生．

——美國小說家柯甫生．

公元一七九〇年——法國詩人拉馬丁生．法蘭克林死．

公元一七九一年——奧大利戲劇家格里爾柏曹生．

公元一七九二年——英國詩人雪萊生．龔自珍生．

公元一七九三年——郭爾杜尼死．

公元一七九四年——汪中死．琪彭死．法國詩人查尼葉被殺．

公元一七九五年——英國詩人濟慈生．英國批評家卡萊爾生．

公元一七九六年——英國詩人葆痕士死．

公元一七九七年——袁枚死．法國詩人委尼生．德國詩人海涅生．

公元一七九八年——項鴻祚生．波蘭詩人美基委茲生．意大利詩人李奧柏特生．

公元一七九九年——法國戲劇家博馬齊死．何紹基生．法國小說家巴爾札克生．俄國詩人普希金生．葡萄牙詩人格萊特生．

公元一八〇〇年——英國詩人考卜死．